Georges Simenon

Les demoiselles de Concarneau

Gallimard

Georges Simenon est né à Liège le 13 février 1903. Il commence ses études à l'Institut Saint-André puis entre comme boursier au collège Saint-Louis. Dès l'âge de onze ans, il pense à écrire, mais ne croit pas pouvoir en faire son métier. En 1915, à douze ans, il entre en 5e au collège Saint-Servais. Il y fera la 4e et la 3e. Il signe ses devoirs de français Georges Sim et ses professeurs lui laissent le choix du sujet.

Averti en 1918 par le médecin de famille de l'angine de poitrine qui menace son père, il quitte le collège Saint-Servais, renonce à ses études et commence à travailler. Après des débuts comme commis de librairie, il entre à *La Gazette de Liège* en janvier 1919. Il obtient bientôt de rédiger un billet quotidien et de publier quelques contes. Il écrit même son premier roman, *Au pont des Arches*. En décembre 1922, il arrive à Paris où il est un moment secrétaire de l'écrivain Binet-Valmer. Il se met à écrire des contes pour les journaux : plus de mille en dix ans. Et il commence une carrière littéraire d'une fécondité légendaire. A la demande de Joseph Kessel, il écrit pour *Détective* une série de nouvelles où apparaît pour la première fois le personnage de Maigret. Le commissaire Maigret est officiellement baptisé le 20 février 1930, au cours du « Bal anthropométrique » que donne Georges Simenon, à la Boule Blanche, sans savoir que, le 3 septembre 1966, sa statue serait inaugurée à Delfzijl (Pays-Bas).

L'écrivain, changeant souvent de résidence, a voyagé

dans le monde entier avant de se fixer en Suisse, dans le canton de Vaud.

Les « demoiselles de Concarneau » sont les deux sœurs aînées de Jules Guérec, quarante ans. Un soir, revenant de Quimper, Jules écrase un petit garçon et s'enfuit. Lorsqu'il apprend la mort de l'enfant, affolé, il ne sait que faire. Timidement, il offre du chocolat au frère, du travail à l'oncle (un simple). Il va trouver la mère, il en tombe plus ou moins amoureux (il ne sait pas au juste), il finit par lui proposer le mariage. Mais c'est alors qu'interviennent les « demoiselles de Concarneau » : un tel mariage est impossible ! Le malheureux se révolte...

I

Il y avait trop de tournants, et aussi de montées, des descentes, pas très longues, mais brutales.

Il y avait aussi et surtout la question des cinquante francs qu'il fallait résoudre coûte que coûte avant d'atteindre Concarneau.

Seulement voilà : Jules Guérec n'arrivait pas à penser, du moins à penser cinq minutes durant à la même chose. Des tas d'idées venaient le distraire, tandis qu'il restait immobile sur son siège, les mains au volant, le corps raidi, la tête en avant.

C'était la première fois qu'il conduisait le soir, dans l'obscurité, et ses propres phares l'impressionnaient. D'abord parce qu'ils transformaient le décor et les objets, les hommes eux-mêmes, au point de rendre l'univers méconnaissable. Ainsi, au dernier tournant, ils avaient auréolé de rayons blêmes une charrette, deux lourds chevaux, un paysan qui marchait à côté, le fouet à la main, et ce spectacle de tous les jours avait pris soudain un aspect quasi démoniaque.

Les phares lui faisaient peur aussi parce que, s'il rencontrait une autre voiture, il devait les éteindre, du moins se mettre en « code », et il craignait de tourner le bouton à fond et de se trouver un instant dans le noir absolu.

Or, entre Concarneau et Quimper sévit un terrible autobus qui détruit au moins une voiture par semaine, et Guérec comptait les minutes, se demandant s'il arriverait au bout des tournants avant de le croiser.

Comment, dans ces conditions, penser aux cinquante francs ? Il dirait... Il pourrait dire qu'il avait invité des amis à boire, mais ses sœurs savaient bien qu'on ne boit pas pour cinquante francs, même à cinq ou six...

Par-dessus le marché, il avait oublié d'acheter les pelotes de laine noire que Françoise lui avait demandées...

Il croyait à tout moment entendre le vacarme de l'autobus. Il penchait la tête en avant comme s'il eût pu mieux voir dans cette position, mais en réalité cela ne servait à rien. Qu'arriverait-il si le moteur s'arrêtait dans une montée ou dans une descente ?

Tout cela, c'était sa faute. Il le savait. Il n'en était pas fier. N'avait-il pas encore couru les rues pendant près d'une heure et demie ?

Il avait endossé sa meilleure vareuse de drap bleu et il s'était fait raser chez le coiffeur, si bien qu'il était parti avec des traces de poudre au-dessous des oreilles. Il avait mis sa casquette de patron pêcheur, à galon de soie noire.

Et il avait assisté, à Quimper, à la réunion du syndicat, où il représentait les thoniers de Concarneau. On s'y prenait à l'avance, cette fois. On n'était qu'en novembre et la campagne du thon ne commencerait que des mois plus tard. Mais on avait eu trop d'ennuis avec les fabricants de conserves et on prenait ses précautions en étudiant les conditions à leur poser avant d'armer les bateaux.

A trois heures, la réunion était finie. Jules Guérec aurait pu rentrer à Concarneau avant la nuit, mais il savait bien que c'était à peu près impossible. Chaque fois qu'il venait à Quimper, c'était le même drame. Il savait vers quelle rue il se dirigerait coûte que coûte, une rue où, à n'importe quelle heure, deux ou trois femmes de Paris se promenaient lentement en se retournant sur les hommes.

Et cela s'était passé comme les autres fois! Il n'était jamais satisfait de ce qu'il rencontrait. Il parcourait dix fois la rue, hésitant à aller chercher ailleurs, et revenait pour finir quand même par accoster avec gaucherie la première femme qu'il avait aperçue.

Voilà pourquoi il faudrait expliquer les cinquante francs quand ses sœurs, le soir, feraient les comptes!

Pour comble, il commençait à pleuvoir et l'autobus paraissait à un tournant. Il le croisa sans l'accrocher, mais après il était plus fébrile et il n'aurait pas voulu recommencer. Il traversa Rosporden, tourna à droite, hanté d'avance par la longue descente sur Concarneau et il éprouva le besoin de toucher du bois.

Quant au reste... Oui, comment cela se passa-t-il au juste? Il pensait toujours aux cinquante francs. Il dirait qu'il avait payé sa cotisation au syndicat des patrons pêcheurs...

L'auto glissait sur la pente, vers la ville où des réverbères dessinaient le réseau des rues. Un peu avant d'atteindre le quai de l'Aiguillon il tournait à gauche, car il habitait de l'autre côté des bassins, au quartier du Bois, et il devait contourner le port.

Un instant, il devina, dans l'obscurité, la masse blanche des thoniers ancrés bord à bord et, dans le ciel, la toile d'araignée des vergues, des haubans et des balancines.

Les rues étaient vides et luisantes. Des petites maisons s'alignaient, avec une fenêtre éclairée, par-ci par-là. Des flaques d'eau éclataient sous les roues et le pare-brise s'étoilait de boue.

Une forme bougea soudain sur la droite, et l'instinct de Guérec le poussa à accélérer, sans qu'il sût pourquoi. Une silhouette d'enfant se dessina l'espace d'un instant dans la demi-obscurité, un visage reçut moins d'un dixième de seconde l'éclat du phare et le choc eut lieu, un choc mou, écœurant, tandis que la voiture roulait toujours, se soulevait, roulait encore et que Guérec, peut-être en croyant freiner, accélérait toujours.

Il n'y avait pas eu un cri : rien que ce choc, que cette chose qui tombait, qu'un grincement de l'auto qui passait dessus et il n'osait pas se retourner, ni faire un mouvement, la poitrine serrée, les genoux pris de tremblement.

Le gamin — car c'était sûrement un gamin, et même un gamin qui revenait de l'école, un cartable sous le bras — s'était élancé à travers la rue comme un lapin.

Est-ce qu'il était resté par terre, inerte, à la même place ? Guérec avait envie de fuir. Il avait peur. Il sentait qu'il devait faire demi-tour mais il ne le pouvait pas, ne fût-ce que parce que la rue était trop étroite pour un conducteur novice.

Il atteignit l'endroit le plus obscur, bien au-delà du tournant, où justement il avait un bateau en chantier et il s'arrêta enfin, pénétra dans une ruelle pour amorcer une marche arrière et tourner sa voiture.

Tant pis! C'était nécessaire... Il dirait... Il ne savait pas ce qu'il dirait, mais il était obligé d'y aller...

Il oubliait de se mettre en prise directe et ne comprenait pas pourquoi le moteur faisait tant de bruit. Il revit la rue, de loin, remarqua des lumières plus nombreuses et fut aussitôt sur elles. Presque toutes les portes étaient ouvertes et formaient des rectangles de lumière. Des gens se tenaient sur les seuils, par deux ou trois, regardant du même côté. Devant une maison comme les autres, ils étaient au moins dix à s'agiter, mais il n'y avait plus rien par terre au milieu de la rue.

On devinait, on sentait que le gamin avait été transporté dans la petite maison peinte en blanc ; on entendait crier une femme, à l'intérieur, et Guérec ne s'arrêta pas, roula comme s'il n'eût rien remarqué, atteignit le quai de l'Aiguillon, gravit la côte dans la direction de Quimper.

Parfois il avait envie de retourner en arrière, d'aller voir, mais maintenant il était trop tard et il essayait de réfléchir.

La première fois, personne ne l'avait vu, puisque la rue était vide, et la seconde on n'avait pas dû le reconnaître, car tout le monde pensait à l'accident. Il devait éviter de rentrer trop tôt chez lui. Il valait même mieux se montrer quelque part et il roula jusqu'à Rosporden, s'arrêta devant le café de la Gare.

Quelques paysans buvaient de l'eau-de-vie et il en but aussi, près du poêle, en feignant de se réchauffer les mains.

— Quelle sale route, avec tous ces tournants...,
grommela-t-il sans regarder les gens.

— Vous venez de Quimper ?

— Oui...

Cela suffisait. Le mot alibi, qu'il n'était pas habitué
à employer, lui vint même à l'esprit et il en ressentit
une sorte de satisfaction. Par contre, il eut presque
peur de remonter dans sa voiture, peur d'un faux
mouvement, d'une nouvelle catastrophe. Il n'y avait
que huit jours qu'il conduisait et les autres fois une de
ses sœurs prenait place à côté de lui. Si elles ne
savaient pas conduire, leur présence lui donnait
néanmoins confiance.

Quand il passa à nouveau dans la terrible rue, il n'y
avait plus que deux ou trois portes ouvertes ; par
contre deux vélos étaient appuyés à la maison, les
vélos de la police ou des gendarmes. Il passa lentement, pour ne pas attirer l'attention, et il atteignit
l'église de son quartier, s'engagea dans la dernière
descente, très raide celle-ci, qui aboutissait au quai,
juste en face du passage d'eau.

C'était son cauchemar, car il n'y avait pas de
parapet et il lui semblait toujours que ses freins ne
fonctionneraient pas ou bien que, se trompant, il
appuierait sur l'accélérateur. Sa maison était l'avant-
dernière et elle était éclairée, comme d'habitude. Il
descendit pour ouvrir la porte du garage qu'il avait
aménagé dans l'ancienne écurie et il vit une de ses
sœurs, Céline, s'approcher de la vitrine et le regarder
faire. Elle portait sa coiffe, et son costume noir de
Bretonne. Qu'allait-il dire, pour la laine et les cinquante francs ?

Il rentra l'auto, se demanda s'il n'oubliait rien,

comme de fermer l'essence ou de couper le contact ; puis il referma la porte avec des gestes lents.

Quand il pénétra dans le magasin, la sonnette tinta ainsi qu'elle tintait avant sa naissance, quarante ans plus tôt, car c'était toujours la même. Les mêmes boiseries aussi sur les murs, du sapin verni, comme le vaigrage d'un bateau bien entretenu. Et les mêmes tables vernies, le comptoir recouvert d'un linoléum, l'armoire vitrée avec les bouteilles d'apéritifs et de liqueurs.

La même odeur enfin, qui mêlait le goudron et les senteurs des cordages, le café, la cannelle et l'eau-de-vie. Ce n'était pas un café. Ce n'était pas non plus une épicerie. On servait à boire, certes, mais n'importe qui n'entrait pas chez les Guérec, qui fournissaient surtout les bateaux en filins, en poulies et en provisions.

Les deux sœurs, Céline et Françoise, l'aînée, étaient installées avec leur ouvrage à l'une des tables.

— Bonjour... dit Jules Guérec en retirant sa casquette.

Ce fut Céline, la plus intelligente, bien que la plus jeune, car elle n'avait que quarante-deux ans, qui flaira aussitôt quelque chose. D'abord, lui voyant les mains vides, elle remarqua :

— Tu as oublié la laine...

— Oui... La réunion a duré longtemps et...

— Qu'est-ce que tu as ?

Il fallait trouver une explication tout de suite, sinon Céline lui tirerait les vers du nez. L'inspiration lui vint d'ailleurs aussitôt.

— ... Une vraie catastrophe... Figurez-vous que j'ai perdu mon portefeuille...

Il avait peur, car son portefeuille était dans sa

13

poche et Céline était capable de s'assurer qu'il l'avait bien perdu. Pas qu'elle le soupçonnât ! Mais elle le savait distrait.

— Comment as-tu pu le perdre ?

— Je ne sais pas... Je viens de m'en apercevoir... Peut-être l'ai-je laissé sur la table, au Café Jean... Je vais téléphoner...

Il sortait déjà. La maison Guérec n'avait pas le téléphone. Il fallait aller à la cabine, en face de l'église, cent mètres plus haut. Il se dépêchait et il se demandait comment il allait se débarrasser de son portefeuille.

Il en oubliait le gamin renversé, tâtait sa poche, se retournait vers les vitres éclairées de sa maison. Il n'y avait qu'un moyen, jeter le portefeuille dans le port ! Avec une pierre dedans...

Mais, pour aller au port, il devait passer devant chez lui ! Il téléphona d'abord, étouffa dans la cabine pendant que des matelots buvaient dans l'estaminet, près de lui. Il disait d'une drôle de voix, en cherchant ses mots :

— Le Café Jean ?... Ici, Jules Guérec... Oui, de Concarneau... J'ai perdu mon portefeuille à Quimper et je me demande...

On alla chercher dans la salle. Il attendait et par la porte vitrée de la cabine, il voyait les consommateurs du bureau de tabac.

— Nous ne trouvons rien...

Puisqu'il ne pouvait pas gagner le port sans risquer d'être vu, il ne restait qu'une solution. C'était un peu ridicule, car il n'était qu'à deux pas de chez lui. Il feignit une crampe à l'intestin et courut au fond de la cour, pénétra dans une cabane en planches.

Quand il en sortit, il avait déjà un peu moins peur.

— Je vous paierai demain... Je suis sorti sans argent...

C'était idiot : il avait dû jeter, non seulement le portefeuille, mais encore ce qu'il contenait, entre autres son permis de conduire, sa carte grise et deux factures acquittées ! Il marcha lentement, pour se rafraîchir, et il pensa qu'il n'avait pas regardé l'avant de l'auto où il y avait peut-être des traces.

La sonnette tinta. Françoise commençait à dresser les couverts pour le dîner dans la pièce du fond qui n'était séparée du café que par une porte toujours ouverte.

— On l'a retrouvé ?

— Non... Ils n'ont rien vu...

Il ajouta en rougissant :

— Mais ils vont encore chercher...

— L'auto a bien marché ?

— Justement, il faut que j'aille voir si j'ai fermé l'essence...

Il se précipita vers le garage et, guettant la porte pour s'assurer qu'on ne l'observait pas, il frotta une allumette et examina le radiateur, les roues, les garde-boue. Ce n'était pas une voiture neuve, mais une auto d'occasion et c'étaient les sœurs qui en avaient eu envie. La carrosserie, qui avait été repeinte par quelqu'un qui n'était pas du métier, restait mate en dépit de tous les produits qu'on pouvait mettre dessus.

Pas une trace, non ! Pas une égratignure ! Et surtout, ce dont il avait eu le plus peur, pas une tache de sang...

— Eh bien ?

— Je l'avais fermée...

— Il faudra prévenir la police... Tu n'as qu'à le

15

dire à Émile, qui fera le nécessaire... Il vient tout à l'heure...

Un gros poêle trônait au milieu du magasin et Jules Guérec avait chaud.

— Tu ne te déshabilles pas ?

Il ne gardait jamais ses bons vêtements pour rester chez lui et il se décida à gagner sa chambre, au premier. Les marches de l'escalier avaient toujours craqué de la même manière. Le papier de tenture avait été changé deux ans plus tôt, mais il restait à fond bleu, car Céline prétendait que le rose ne convenait pas à un homme.

Quant à la glace, au-dessus de la cheminée, elle le déformait au point que, quand il était petit, il était persuadé qu'il avait le nez de travers.

Les cinquante francs... Qu'est-ce qu'il lui prenait ? Ce n'était pas à cela qu'il pensait, qu'il devait penser... Il y avait le gamin... Est-ce qu'il était... ?

Pas le mot ! Surtout, pas dire le mot, ni même l'imaginer ! C'étaient les roues de gauche qui s'étaient soulevées, le côté, justement, où Guérec était assis...

Émile Gloaguen allait venir... Guérec se déshabillait sans s'en rendre compte, endossait son complet de tous les jours, sur une chemise de flanelle à col tenant.

C'était absurde ! C'était révoltant ! Personne ne le croirait... Car, à aucun moment, il n'avait eu l'idée bien nette de se sauver. Il n'avait pas pu tourner, voilà tout, parce que la rue était trop étroite et qu'il ne savait pas encore prendre les virages. Puis, quand il avait vu les silhouettes sur les seuils, il avait eu peur... Pas tant de ses responsabilités que de se trouver face à face avec le gamin !...

Il ne connaissait personne dans cette rue-là... Ou plutôt si ! Son mécanicien habitait une des petites maisons toutes pareilles, peut-être la troisième ou la quatrième après *la* maison...

Il entendit tinter la sonnette. C'était elle qui soulignait tous les détails de la vie de la maison. Un coup grêle quand la porte s'ouvrait... Un coup plus grave et plus prolongé quand elle se refermait... Si bien que si le temps était long entre les deux coups, on savait qu'il entrait plusieurs personnes ou que le visiteur — un mendiant — restait sur le seuil.

— Jules !

— Oui...

— Émile est ici.

— Je descends.

Il ne l'aimait pas et même, quand il était à bord d'un de ses bateaux — car il avait deux thoniers — il disait de lui à ses hommes :

— La Tête de Rat...

Seulement il savait que personne ne répéterait ce qu'il pouvait dire à bord. C'étaient deux mondes différents.

Il avait trois sœurs qui étaient toutes les trois ses aînées. Or, le plus drôle, c'est que ce n'était même pas la plus jeune qui s'était mariée.

D'abord il y avait Françoise, qui devait avoir dans les cinquante ans mais qui ne les paraissait pas, malgré ses rides fines et les quelques cheveux gris qui surfilaient son chignon. C'était elle qui faisait le plus gros du travail, la cuisine, par exemple, ou le grand nettoyage quand on n'avait pas de femme de ménage.

La cadette, Céline, celle qui avait quarante-deux ans, était toujours propre, pareille à une gravure

17

dans son costume breton et elle tenait les comptes, écrivait aux fournisseurs, recevait les principaux clients.

Entre les deux, Marthe, qui soudain, deux ans plus tôt, s'était mariée et avait abandonné le costume pour s'habiller comme en ville.

Depuis lors elle n'était plus la même. Elle avait rajeuni. Elle venait encore presque tous les jours au magasin, tricoter avec les autres, et le soir, deux fois par semaine, elle dînait à la maison avec son mari.

C'était un de ces soirs-là, Jules Guérec l'avait oublié. Et Tête de Rat était en bas !

Est-ce qu'il savait déjà ? Car il était secrétaire du commissaire de police de Concarneau ! C'était un homme maigre et blond, tout sec, entre deux âges, avec un pantalon rayé, un étroit veston noir, des lunettes d'or et des mains pâles.

Quand Jules descendit, il le trouva dans la salle à manger, car Gloaguen affectait de ne jamais s'installer dans *la salle*.

On disait la salle, depuis toujours, du temps des parents déjà, étant donné que ce n'était ni un estaminet, ni un café, ni une épicerie mais un mélange de tout cela.

Sur les murs de la salle à manger s'étalaient deux aquarelles représentant les deux thoniers des Guérec : le *Françoise* et le *Céline*.

Françoise parce qu'elle était l'aînée. Logiquement, au second bateau qu'on avait fait construire, c'était le tour de Marthe, mais on ne sait pourquoi Céline avait été la marraine.

Il est vrai que Marthe allait avoir son tour puisqu'il y avait un troisième bateau en chantier, un bateau qu'on s'était décidé à construire parce que, grâce à la

18

crise et au chômage, les prix étaient avantageux. Le thon finirait bien par se vendre un jour et alors...

— Ça va?

— Pas mal... Beaucoup de travail, de responsabilités.

Émile Gloaguen aimait les responsabilités.

Jules embrassa sa sœur qui, depuis quelques semaines, était plus pâle, et Céline lui avait dit qu'elle se demandait si cela ne présageait pas un grand événement.

— Tu es allé à Quimper?

— Il y a même perdu son portefeuille...

Guérec détourna la tête, car Tête de Rat, au commissariat, connaissait l'existence de ces raccrocheuses venues de Paris et qui restaient pour lui un mystère. Comment pouvaient-elles être aussi bien habillées? Et surtout, la plupart du temps, se montrer si gentilles?

La table était mise avec, au centre, l'immense soupière de faïence blanche. Françoise s'agitait dans la cuisine où des oignons rissolaient dans la poêle.

— Je téléphonerai demain, promit Gloaguen.

— J'ai déjà téléphoné au Café Jean...

— Tu n'es allé nulle part ailleurs?

— Nulle part.

— Au fait, s'écria Céline, tu n'aurais pas laissé tomber ton portefeuille dans l'auto? Je vais aller voir...

Et elle prit la lampe électrique qui était toujours sur le buffet, disparut tandis qu'il recommençait à avoir peur, se demandant si elle n'allait pas découvrir quelque chose.

— Tu n'armes pas à la petite pêche?

— Je ne sais pas encore... J'attends de voir si Malou continue...

Malou était un autre capitaine, qui n'avait qu'un seul thonier. Pour occuper les mois creux de l'hiver, il avait armé à la petite pêche, la semaine précédente. Jadis, cela se faisait régulièrement, surtout quand un bateau était muni d'un moteur.

Mais cela valait-il encore la peine ?

— Je sais qu'il a vendu les congres à deux francs, les soles à quinze et quatre tables de raies lui sont restées sur les bras...

Émile fumait sa cigarette. Guérec ne fumait pas du tout, parce que ses sœurs, depuis qu'il était jeune, l'en empêchaient. De même, devant elles, ne buvait-il jamais d'alcool.

Il était grand, large d'épaules, avec un teint extraordinairement frais, des cheveux sombres et des yeux doux. En se déchaussant, au retour de Quimper, il avait mis ses sabots cirés, et tel quel, il avait chaud, se sentant à l'aise.

Mais pourquoi le choc ?... Il avait beau penser à autre chose, cela lui revenait toujours et il aurait bien voulu questionner son beau-frère. Qui sait ? C'était peut-être l'enfant de quelqu'un qu'il connaissait, d'un de ses hommes, du mécanicien ?

— A table !... commanda Françoise en venant chercher la soupière pour la remplir. Tiens ! Où est Céline ?

Elle revenait et éteignait sa lampe électrique.

— Il n'y est pas... à moins qu'il soit tombé au moment où tu ouvrais la portière... Tu t'es arrêté en route ?

— Ah ! oui...

Il avait oublié ! Il avait failli dire non !

— Où ça ?

— A Rosporden, au café de la Gare...

— Qu'est-ce que tu allais faire là ?

Il ne chercha pas. Cela lui vint facilement.

— Il me semblait que le radiateur chauffait... Je suis descendu devant le café pour le cas où il aurait fallu de l'eau...

— Qu'est-ce que tu as bu ?

— De la bière...

Et personne ne s'étonnait. C'étaient les habitudes de la maison.

Était-il possible que l'enfant fût mort ? Or, lui, s'installait le ventre à table, le dos au feu, de bons sabots aux pieds et Marthe lui servait de la soupe odorante...

Il en était révolté. Il ne regardait personne. Si l'enfant était blessé, c'était presque plus terrible, car alors il souffrait et on imaginait sa mère près de lui, les grandes personnes incapables de le soulager, le docteur soucieux, l'odeur des médicaments...

— Je me suis commandé un manteau de drap marron avec un col de fourrure. La couturière me recommandait la loutre, mais Émile trouve que le castor va mieux avec le brun...

— C'est cher ?

Jules n'écoutait pas. Il voyait à peine les visages penchés vers les assiettes et Émile, qui portait une petite moustache roussâtre, essuyer celle-ci sans cesse.

De sa vie, il n'était allé qu'une fois à la chasse, parce que des amis l'avaient entraîné et lui avaient prêté un fusil. Il avait tiré sur un lapin et, à sa grande surprise, celui-ci avait tourné sur lui-même, puis, couché sur le sol, avait continué à battre l'air de ses pattes, comme s'il eût lutté contre un ennemi invisible.

Les autres chasseurs étaient trop loin et ne s'inquiétaient pas de lui. Alors Guérec avait passé les plus mauvaises minutes de sa vie avant celles qu'il venait de vivre. Il ne savait que faire. Il ne pouvait voir souffrir la bête et il osait à peine s'en approcher.

Il avait vu des chasseurs achever le gibier en l'étranglant, mais il n'en était pas question pour lui et, se rapprochant, il avait tiré une seconde cartouche.

Comment le lapin pouvait-il encore remuer ? Ses pattes battaient toujours l'air d'une façon spasmodique. Guérec avait rechargé son arme, avait tiré à nouveau.

Tout le monde s'était moqué de lui car, quand on avait voulu ramasser la bête, elle n'avait pour ainsi dire plus de tête.

Pourquoi pensait-il à cela ? Est-ce qu'il ne tuait pas des milliers de poissons par an ? Quelquefois même, pour aller plus vite, on les vidait tout vivants !

— Encore un peu de soupe ? Après, il n'y a qu'une omelette et du fromage...

— Je sais, dit Marthe.

Parbleu ! Elle avait vécu quarante-trois ans dans la maison ! N'empêche que ses sœurs, depuis qu'elle était mariée, la traitaient comme une invitée et faisaient des manières.

— Qu'est-ce que tu as, Jules ?

— Je n'ai rien.

— Tu es sûr que tu n'as pas pris froid ? Tu as le visage congestionné.

Comme toujours, la sonnette tinta. Cela durait depuis des années et des années. C'était devenu une tradition et on avait même organisé un roulement, chacune allant au magasin à son tour.

Il suffisait qu'on se mît à table pour que quelqu'un arrivât, la femme d'un pêcheur, par exemple, qui venait acheter un demi-litre de pétrole, ou le passeur d'eau qui réclamait un verre de bière, voire des passants en auto qui avaient oublié de tourner à droite pour gagner Concarneau et qui, se trouvant face à face avec le quai à pic, demandaient leur chemin.

Céline surtout les recevait durement.

— Vous ne pourriez pas acheter du pétrole quand les gens ne sont pas à table ? Il faut encore que j'aille me laver les mains, maintenant...

Et la pauvre cliente n'osait pas répliquer, reprenait sa bouteille entourée d'un journal gras et s'en allait en s'excusant, parce que les demoiselles Guérec étaient de vraies demoiselles qui se faisaient respecter et parce que c'étaient elles qui décidaient si on embarquerait tel ou tel pêcheur pour la campagne du thon.

Elles avaient été élevées chez les sœurs toutes les trois. Françoise seule, l'aînée, n'y était pas restée longtemps, car à ce moment ses parents n'avaient encore que deux parts dans un bateau. Mais Céline, elle, n'avait quitté le couvent qu'à dix-huit ans et il y avait un piano dans la salle à manger.

— Beaucoup à faire, au commissariat ?

C'était Guérec qui parlait, en regardant la nappe.

— J'ai même failli ne pas venir. Au dernier moment, on est venu nous annoncer un accident, un gosse qui s'est fait renverser. J'ai dit au brigadier de s'en occuper...

— Un accident de quoi ? questionna Françoise qui

lisait chaque jour le journal de la première à la dernière ligne.

— D'auto... Là-bas, derrière les chantiers, dans la nouvelle rue... Rue de l'Épargne, je crois ?

— Il est mort ? fit Jules en tripotant sa serviette.

— Je ne sais pas. Je suis parti.

Les rayons de lumière se dessinaient comme un à un aux yeux de Guérec et, par contre, les images se déformaient. Il avait de la sueur dans le dos. Il essayait de fixer le tableau qui représentait son second bateau, le *Céline,* dont la poupe était trop lourde. On n'avait jamais rien pu y faire. Quand on avait la mer derrière, on étalait terriblement à chaque lame. Mais, par temps maniable, c'était quand même un bon bateau, et d'ailleurs on en avait profité pour rabattre cinq mille francs sur le mémoire du constructeur.

Il y avait des chances pour qu'Émile proposât de jouer aux cartes. C'était sa manie. Il leur avait appris à tous à jouer à la belote. C'était lui qui comptait les points, car personne ne s'y entendait et il le faisait très vite, d'un air négligent, tout en rejetant les cartes sur le tapis.

— ... Et dix trente... quarante et un... vingt de belote... dix de dernière...

Céline, qui avait l'habitude des calculs, elle aussi, regardait gravement passer les cartes et parfois l'interrompait.

— Pardon... quatorze de neuf...

— Non ! C'est atout cœur...

C'était vrai ! Il avait toujours raison ! Il le savait ! Il en était satisfait ! On jouait un quart de centime le point et il y avait dans le tiroir-caisse une case exprès pour la petite monnaie.

Seule Marthe, justement, ne s'y était pas mise et regardait en crochetant ou en tricotant.

— Pourquoi n'as-tu pas joué ton as ? se risquait-elle à observer.

— Tais-toi... Tu n'y comprends rien...

Elle acceptait la remontrance. Depuis qu'elle était mariée, elle n'avait plus la moindre velléité d'indépendance.

— Émile a dit que...

— Il faudrait demander à Émile...

La table desservie, Émile proposa :

— Mille points de belote ?

Et déjà Françoise, par habitude, apportait le tapis vert qui portait en rouge le nom d'un apéritif.

— Je ne me sens pas très bien, murmura Guérec. Je crois que je vais aller me coucher...

Il embrassa ses sœurs, serra la main de son beau-frère, traîna la jambe, exprès, pour faire croire qu'il était malade.

Avant d'allumer, dans sa chambre, il regarda à travers les rideaux. La rue était noire. Au coin du quai, une lampe, une seule, dont les rayons pénétraient un à un dans sa tête. Il savait qu'en bas, sous les marches creusées dans le rocher, le passeur d'eau était assis à l'avant du bac, à attendre dix heures pour aller se coucher.

Le sol était lisse. On pouvait prévoir du brouillard. Des lumières scintillaient de l'autre côté de l'eau aussi, dans la vieille ville, la ville close, comme on l'appelait à cause de ses remparts.

Des lumières avec de longs rayons aigus, bien distincts les uns des autres. Sans doute n'était-ce pas nouveau ? Les lumières avaient toujours dû être pareilles. Mais c'était la première fois que ça le frappait.

Alors il pensait au long fuseau laiteux des phares, à la charrette qui montait la côte, tirée par ses deux chévaux...

— Tu n'es pas encore couché ?

C'était Céline, qui allumait la lampe et qui prononçait, Dieu sait pourquoi :

— A quoi penses-tu ?

— A rien...

Est-ce qu'il y avait encore des fenêtres éclairées dans la rue... rue de l'Épargne, oui, c'est Émile qui l'avait dit, Émile qui devait être furieux de ne pouvoir faire sa belote !

Bien fait pour lui !

II

Il faillit ne pas pouvoir sortir. Quand il descendit et que ses sœurs virent qu'il avait mis son meilleur costume, elles se récrièrent. Puisqu'il était enrhumé, il n'avait qu'à garder la chambre, tout au moins la maison. Elles lui trouvaient les yeux cernés et c'était vrai, car il avait eu une nuit agitée, pleine de cauchemars enchevêtrés qui l'accablaient encore alors qu'il ne s'en souvenait même plus.

— Où veux-tu aller ?

— D'abord voir Émile au commissariat, pour mon portefeuille... Il faut aussi que j'aille à bord, car on vient de Rennes pour le moteur...

La maison sentait le café au lait. Un pêcheur sonnait de porte en porte avec un panier de poissons. Il pleuvait toujours, c'était si fin, si régulier, si monotone qu'on n'avait pas l'impression que l'eau tombait du ciel. Elle était en suspension dans l'air, une poussière d'eau froide qui reliait les pavés mouillés aux nuages.

— Marthe est restée tard ?

Il voyait l'assiette sur laquelle, la veille, on avait servi des gâteaux secs et un petit verre traînait, qui fleurait l'eau-de-vie. C'est Émile qui en avait bu.

27

— Non... Ils sont partis à dix heures...

On l'obligea à s'entourer le cou d'une écharpe de laine bleue que Françoise avait tricotée.

— Tu ne prends pas l'auto ?

Que nenni ! Il s'en allait à pied, les deux mains dans les poches, les épaules rentrées, finissant presque par croire qu'il était vraiment malade et Céline, du seuil, le regardait partir comme on regarde s'éloigner un enfant qui va à l'école.

... Un enfant qui va à l'école... Aïe !... Il savait bien que ses pensées allaient lui revenir, mais il en retardait toujours le moment. Il y en avait justement un, d'enfant, qui courait pour attraper le bac. Il portait une écharpe tricotée aussi, un tablier à petits carreaux. Il était rouge d'avoir couru et il haletait tandis que le vieux Louis poussait lentement son bachot à la godille.

Le journal était arrivé depuis une demi-heure. Le facteur, comme chaque matin, avait entrouvert la porte, déclenchant la sonnerie, avait posé le journal plié sur la première table vernie en criant :

— C'est moi !...

Le journal était toujours là, et toujours plié, car Jules Guérec avait préféré ne pas l'ouvrir devant ses sœurs. A gauche, la mer était vide, d'un laid gris et à droite, dans le bassin, quelques barques se dirigeaient vers les thoniers qui, serrés les uns contre les autres, formaient comme une île plantée de mâts.

Presque tous les jours on se retrouvait sur cette île-là, à enjamber les bastingages. Tant que durait la morte-saison, on s'y rendait par habitude plutôt que pour y travailler. On gagnait son bateau ; on retirait les cadenas des portes puis on chipotait, on affûtait un outil, on réparait une poulie, on faisait une épissure par-ci par-là, en bavardant d'un bord à l'autre.

Guérec sauta du bac et le gamin lui passa presque entre les jambes, s'élança à travers la vieille ville. On vendait des journaux dans une mercerie, mais Guérec préféra sortir de la ville close, traverser le pont, gagner enfin le quai de l'Aiguillon.

— Salut, Jules !

On le hélait d'une goélette qui était à quai, à décharger des tuiles, et il se contenta d'un bonjour de la main. Pour lire, il alla très loin, dans une rue où il n'y avait que les murs aveugles des usines de conserves.

« Un chauffard à Concarneau

« Il blesse grièvement un enfant et s'enfuit sans se retourner. »

C'était vrai ! Il ne s'était même pas retourné !

« La paisible rue de l'Épargne, à Concarneau, habitée surtout par des ménages modestes, a été hier soir le théâtre de... »

Il y en avait plus d'une demi-colonne. Le journal paraissait à Quimper, et le plus étrange, c'est que le correspondant de Concarneau n'était autre qu'Émile Gloaguen. Quand il n'était pas là, c'était le brigadier qui téléphonait les faits divers.

Vingt centimes la ligne !

« ...Le jeune Joseph Papin, habituellement appelé Jo, six ans... »

Sa mère ne devait pas être mariée car on écrivait Marie Papin sans préciser qu'elle était veuve et sans parler d'un mari. On signalait, par contre, qu'elle travaillait dans une usine de conserves.

Comme tout le monde, à Concarneau !

Mais le plus troublant, c'est que Jo avait un frère jumeau, Edgard, qui était justement malade.

« La victime a eu les deux jambes brisées et on craint des lésions internes, car l'enfant se plaint de douleurs dans le ventre... »

Il n'était pas mort, mais c'était presque pis de penser qu'il avait eu les deux jambes cassées parce qu'alors on l'imaginait par terre, inerte, après le passage de la voiture. Il essayait peut-être de se relever en se demandant pourquoi ses jambes ne voulaient plus le porter ?...

« Une enquête a été ouverte... »

Il déchira le journal et le jeta dans le ruisseau, car ses sœurs se demanderaient pourquoi il l'avait acheté alors qu'il y en avait déjà un à la maison. Il finit par pousser la porte du commissariat et il s'assit sur le coin du bureau de son beau-frère.

— A propos, j'ai fait téléphoner à Quimper pour ton portefeuille. Ils n'ont encore aucune nouvelle...

— Justement... Je voulais te demander comment je dois m'y prendre pour avoir un nouveau permis de conduire... Il y avait aussi ma carte d'électeur et la carte grise...

Le commissaire était dans son bureau et il eut

l'idée d'appeler Émile, si bien que Guérec resta un long quart d'heure à attendre d'un air morne.

— Tu permets ? Il faut que je donne des coups de téléphone...

Or c'était précisément à son sujet !

— Allô ! La gendarmerie ? Le brigadier ? Ici, Gloaguen... Oui, pas mal. Et vous ?... C'est au sujet de l'accident d'hier... Il y a eu un témoin... Oui... Une voisine est venue ce matin... Elle rentrait chez elle et elle se trouvait à moins de trente mètres de l'enfant...

Il se retourna et fit un clin d'œil à Guérec, comme pour dire :

— Tu vois, c'est intéressant !

Il poursuivit :

— Non... Elle n'a pas relevé le numéro... Elle dit seulement qu'il finissait par un 8... C'est cela ! Le commissaire croit comme moi qu'il faut dresser la liste de toutes les autos de la région dont le numéro finit par un 8... En procédant alors par élimination... Entendu !... A tout à l'heure...

C'était inouï ! C'était incroyable ! Guérec en restait confondu, au point qu'il ne pouvait parler. Le numéro de sa voiture ne finissait pas par un 8, mais par un 3 ! Si bien qu'on allait s'occuper d'un tas d'autres automobilistes, mais pas de lui !

— On l'aura ! affirma Émile à la tête de rat en se frottant les mains. Le maire a donné des instructions pour qu'on traque ce salaud par tous les moyens possibles...

— Qu'est-ce qu'on va faire ?

— Tu as entendu. Il fallait une base, un point de départ et, grâce à la vieille qui s'est présentée ce matin, nous l'avons.

31

Ainsi, les choses ne se passaient pas plus sérieusement que ça ? Guérec avait une moue méprisante.

— Je parie, reprit l'autre, qu'il ne s'en tirera pas à
moins de trois ans...

— Trois ans de quoi ?

— De prison... Sans compter les dommages et
intérêts, surtout si l'enfant reste infirme !... Sa mère
n'a pas d'argent...

— Elle n'est pas mariée ?

— Non... Elle vit avec ses gosses...

On peut dire que c'est dès ce moment que tout
commença. Tout quoi ? Tout rien ! Une autre vie !
Quelque chose comme un cauchemar confus, un
brouillard d'où n'émergeaient que des détails saugre-
nus.

Guérec préluda à la comédie au commissariat
même. Comme Émile lui disait que le gosse avait été
conduit à l'hôpital, il avait fait une grimace et, pour
l'expliquer, il avait improvisé :

— ... Un pincement au cœur... Cela m'arrive
parfois depuis quelque temps.

— Tu devrais consulter... C'est le mauvais âge
pour ces bobos-là...

Dehors, il pensa que les pincements au cœur
valaient mieux que la grippe pour expliquer son
humeur à ses sœurs et qu'ils avaient l'avantage de
permettre de sortir.

— Oui. Je leur dirai que j'ai des pincements...

Cela lui était arrivé deux ou trois fois, d'ailleurs,
mais des jours où il n'avait pas digéré, si bien qu'il
n'était pas sûr que ce fût le cœur.

Il passa rue de l'Épargne. Toutes les petites
maisons à un étage étaient pareilles. Par hasard, le
pêcheur du matin allait de porte en porte avec son

panier de poisson. Marie Papin habitait au 17, mais il ne vit personne et les rideaux étaient tirés devant les fenêtres.

La rue, de jour, était méconnaissable. L'endroit où il avait tourné paraissait beaucoup plus éloigné. Pour le virage, il avait engagé son auto sur la terre molle et on y voyait encore les traces des pneus.

Ça, c'était grave, car si on s'avisait d'examiner ces empreintes... Il est vrai qu'à la police et à la gendarmerie ils ne s'occupaient que des numéros finissant par un 8 !

Guérec pénétra dans les chantiers, à droite. Le bateau en bois rugueux qui se dressait sur son échafaudage de madriers, c'était le nouveau bateau qu'il faisait construire et il monta sur le pont à l'aide d'une échelle, serra la main du charpentier.

— Ça va ?

— Ça va, sauf que j'ai un ouvrier malade, ce qui nous retarde un peu... On vient d'apporter des tuyaux de plomb...

Des ouvriers sciaient, rabotaient et ainsi, posé sur le sol, le bateau semblait étonnamment haut.

— Quand est-ce qu'ils livrent le moteur ?

— Dans une dizaine de jours, mais les monteurs ne viendront qu'après Noël...

— Tu as lu l'histoire du pauvre gosse ?...

Guérec détourna la tête.

— L'autre, qui est malade, ne cesse de réclamer son frère... Ils se ressemblent tellement qu'on est obligé de les habiller de façon différente pour les reconnaître... Ce sont des camarades de mon fils... Tiens ! Pas plus tard qu'avant-hier ils étaient tous les trois à jouer sur ce bateau...

D'où ils se trouvaient, ils voyaient tout le bassin et,

de l'autre côté, près du passage d'eau, le dos de la maison Guérec où quelqu'un secouait un tapis à une fenêtre, Françoise sans doute, car ce n'était pas le jour de la femme de ménage.

— Elle marche, la voiture ?

— Elle marche !

— Tu t'y mets ? A propos, qu'est-ce qu'ils ont décidé, hier, à Quimper ?

— On doit se réunir à nouveau la semaine prochaine. Certains parlent de ne pas armer si on n'a pas satisfaction...

— Ils disent cela tous les ans et tous les ans ils marchent quand même !

Guérec rentra chez lui, et à vingt mètres de la porte, il répétait inconsciemment son rôle, tâtant même sa poitrine à la place du cœur. Le plus fort, c'est qu'il en arrivait à sentir un vague malaise.

— Qu'est-ce que tu as ? questionna Céline qui n'avait pas besoin de le regarder deux fois pour deviner quelque chose.

— Je ne sais pas... Hier, je pensais que c'était la grippe, mais je me trompais... Ce n'est pas la première fois que j'ai comme qui dirait des pincements au cœur.

Elle lui jeta un coup d'œil méfiant.

— Au cœur, toi ?

— Oui... Ici...

Françoise, elle, était facile à tromper. Mais Céline était comme douée de divination quand il s'agissait de son frère. Rien que de lui voir pousser la porte, par exemple, elle savait s'il avait bu ou non, alors que la plupart du temps il ne s'agissait que d'un verre ou deux d'eau-de-vie, jamais plus, et que par conséquent il n'était pas ivre.

— Montre-moi ta langue !

Il la montra et elle décida :

— On va toujours te purger... Sais-tu ce que tu as ?... Tu ne prends pas assez d'exercice... Depuis deux mois qu'on a désarmé, tu vas et tu viens dans la maison sans jamais te fatiguer... D'ailleurs, tu engraisses...

C'était vrai aussi. Cela lui donnait une allure un peu poupine.

— Il faut que je me dépêche, ajoutait Céline, car je dois aller à l'hôpital...

Cela lui fit un effet extraordinaire. Il s'attendait si peu à cette phrase qu'un instant il crut que sa sœur allait voir le gamin, le petit Jo, et il se demanda comment elle le connaissait.

— A l'hôpital ?

— Mais oui, c'est mon jour... Tu as l'air de tomber des nues...

S'il n'y prenait pas garde, il finirait par se trahir. Ses deux sœurs faisaient partie d'une œuvre qui, chaque semaine, distribuait des douceurs aux malades pauvres des hôpitaux. Une fois par mois c'était leur tour d'aller faire la distribution...

Quand même ! Elle n'aurait pas dû parler de ça. Maintenant il ne parvenait pas à reprendre son sang-froid.

— Assieds-toi... C'est crispant de te voir debout au milieu de la salle...

Elle tricotait toujours. Elle pouvait tricoter ou crocheter des journées entières, à la même place, près de la fenêtre dont elle écartait le rideau, si bien qu'elle voyait tout ce qui se passait dehors.

L'hiver on était des heures sans voir un client, car on vendait surtout des provisions pour les bateaux et, quand une ménagère venait demander un quart de kilo de quelque chose, Céline lui faisait sentir qu'elle ferait mieux de s'adresser à l'épicier de la place de l'Église.

— Tu as vu Émile ?

— Oui... Ils ont reçu un témoignage... Le numéro de l'auto finit par un 8...

— Tu as lu le journal ? s'étonna-t-elle.

Et il se troubla.

— Non... C'est Émile qui m'a raconté l'accident... Le petit n'est pas mort... Il paraît qu'il a un frère qui lui ressemble tellement qu'on les prend l'un pour l'autre...

Quel besoin avait-il d'en parler ? Il ne pouvait pas faire autrement. Il savait que c'était dangereux, mais c'était plus fort que lui.

— C'est une fille-mère..., dit-il encore.

Et il observait le visage de Céline. Ce n'était pas un visage comme celui des autres femmes. Il était régulier, pourtant. Les yeux étaient d'un bleu sombre, le nez bien droit. Mais quelque chose faisait que Céline, pas plus que Françoise, d'ailleurs, n'avait été vraiment une femme.

La preuve c'est que jamais les hommes ne leur avaient fait la cour. Marthe, par contre, beaucoup moins bien qu'elles, avait eu deux fiancés et avait trouvé un mari à plus de quarante ans !

— Tu ne te changes pas ?

— Non... Je crois que je sortirai après midi...

Une tradition de la maison de ne jamais garder sur soi les vêtements qu'on mettait pour sortir. Dès qu'on rentrait, il fallait se déshabiller et endosser de vieux effets.

— Où est Françoise ?

— Elle fait le nettoyage, là-haut...

On parla de lui en déjeunant et on décida que, s'il n'allait pas mieux dans quelques jours, on irait voir le médecin.

Ce fut encore un après-midi liquide et glauque. Guérec passa devant l'hôpital, alla boire un verre au Café de l'Amiral qui était vide et son entrée fit sursauter la patronne à moitié endormie à la caisse ; on n'allumait les lampes que quand il faisait tout à fait noir ; la patronne appela une serveuse en costume breton qui alla chercher une bouteille de bière à la cave.

Il traîna sur les quais, serra la main du capitaine de la goélette qui était un ami et qui cherchait un nouveau chargement.

Ce qui le hantait, c'étaient les deux jambes... On lui avait dit deux jambes... On lui avait dit deux jambes cassées et, dans son esprit, se créait une image saugrenue, deux petites jambes molles qu'on pouvait plier dans tous les sens...

Ce fut plus fort que lui. Il passa encore devant la maison, rue de l'Épargne, alors qu'on venait d'allumer les réverbères. Cette fois, il marchait très lentement. Il reconnaissait les flaques de lumière sur le pavé mouillé et soudain il se pencha, ramassa quelque chose, la moitié d'un petit sabot de bois, dans le ruisseau.

C'était au gamin ! Il n'y avait aucun doute ! Et Guérec faillit l'emporter, le garda à la main tandis qu'il parcourait au moins cent mètres, n'osant pas le jeter comme un objet quelconque. Il finit par le déposer au pied d'une palissade, doucement, comme pour ne pas lui faire de mal.

Ce n'était pas le jour des Gloaguen et, durant la

soirée, il ne sut que faire de son corps tandis que Françoise commençait un grand travail de couture : une robe de velours noir qu'elle préparait pour le Nouvel An. Il y avait des bouts de fil et des épingles sur toutes les tables. Céline, de temps en temps, aidait sa sœur à prendre des mesures sur un patron de papier gris et elles discutaient de biais et de droit-fil...

— Il y a beaucoup de malades, à l'hôpital ? demanda-t-il.

— A propos, j'ai vu le petit Jo... Il n'y avait pas de place dans une salle d'enfants, si bien qu'il est avec les grandes personnes... Il ne pleure pas... Il regarde les gens avec de grands yeux étonnés... Je lui ai donné deux oranges et il a dit poliment :

« Merci, madame... »

Il apprit la nouvelle le lendemain matin, par Louis, le passeur.

— Vous savez que le petit est mort cette nuit ? Ou plutôt au petit matin... J'ai passé sa mère voilà une heure... C'est un infirmier qui est allé la prévenir... Il paraît qu'il ne souffrait pas... C'était dans le ventre... Alors, on lui a fait une piqûre et il est resté bien tranquille, à regarder le plafond...

Jules Guérec faillit entrer dans un café et boire à en perdre conscience, mais rien que cette idée lui donna un haut-le-cœur et il marcha, traversa la ville, prit la route de Beuzec, marcha encore le long de la plage des Sables-Blancs bordée de villas désertes.

Il était vraiment malade. Ce n'était pas seulement une excuse. Il sentait que quelque chose était dérangé dans sa poitrine et il y avait des moments où ses jambes mollissaient soudain, comme si la charnière des genoux se fût détraquée.

Il n'avait pas pleuré une seule fois. Il n'avait pas eu les yeux humides. Mais c'était pis. Il se dégoûtait. Il avait horreur de rester seul et, quand il était avec des gens, il s'éloignait parce qu'il ne savait que dire.

La mer était grise, toujours, le ciel bas. Une drague fonctionnait à trois cents mètres de la côte, ramenant du sable qui retombait avec un bruit mou dans les chalands.

Émile avait dit trois ans de prison ! Au moins ! Et cela n'arrangerait rien ! Qu'est-ce que cela arrangerait ? Le petit était mort et bien mort. La seule différence c'est que, s'il y avait un procès, la mère recevrait des dommages et intérêts.

Dix mille francs, peut-être ? Il ne savait pas au juste. Un de ses hommes, qui s'était écrasé deux doigts en tournant un cabestan, n'avait obtenu que cinq mille francs, mais c'étaient les doigts de la main gauche.

Combien donnait-on pour un enfant de six ans ?

Une pensée le frappa et le fit pâlir. Il s'arrêta, les deux pieds dans le sable mouillé de la plage, à fixer la mer.

Peut-être Marie Papin n'avait-elle pas d'argent pour l'enterrement ?

Il pourrait lui en envoyer, lui ! Sans dire qui il était, bien entendu. Il pourrait envoyer dix mille francs...

Mais voilà ! Comment les prendre ? C'était Céline qui faisait tous les comptes, qui payait les factures et même qui allait à la banque quand il y avait des papiers à signer.

S'il les demandait à quelqu'un, à Argentin, par exemple, qui construisait son bateau et qui savait qu'il était sérieux ? Argentin croirait qu'il avait une maîtresse quelque part...

Alors, s'il en parlait ? Si, de fil en aiguille, on arrivait ainsi à tout savoir ?

Il rentra chez lui à grands pas, ouvrit la porte et, cette fois, il avait l'air vraiment malade.

— Qu'est-ce que tu as ? s'inquiéta Céline. Encore des pincements ?

— Je ne sais pas. Je monte dans ma chambre...

— Attends... Laisse-moi te regarder...

Il n'avait même pas le droit d'être triste tout à son aise ! Il fallait se laisser examiner par Céline, qui lui soulevait les paupières tout comme si elle eût été docteur.

— Nous irons demain à Quimper, voir le médecin...

Car ils avaient le même médecin depuis vingt ou trente ans et il semblait à Céline qu'un autre eût été incapable de donner des soins à quelqu'un de la famille. Il est vrai qu'il y avait si rarement un malade.

— On verra bien ce qu'il dira...

— Oui...

Il avait prononcé oui sans penser, mais il se ravisa aussitôt.

— Non...

— Quoi, non ?

— Je ne veux pas aller à Quimper.

— Pourquoi ?

— Je n'ai pas envie de conduire sur cette route-là. Il y a trop de tournants...

— Nous prendrons l'autobus...

Il n'insista pas. Il aimait mieux être seul et quand il fut seul dans sa chambre, ce fut encore pis. Qu'est-ce qu'il pouvait faire ? Rien ! Il n'avait pas sommeil. Il n'avait pas envie de rester couché.

Il s'accouda à la fenêtre, mais chaque fois qu'il voyait le passeur d'eau il pensait à ce qu'il lui avait dit le matin, sans compter que par-dessus les remparts il pouvait apercevoir le toit d'ardoises de l'hôpital.

Elle pleurait sûrement, là-bas, près du lit. Comment était-elle ? Est-ce qu'elle était jeune ? Est-ce qu'elle avait un peu d'économies ?

Elle devait être en chômage, comme les autres, car il y avait deux mois que les usines de conserves étaient fermées.

— Pourquoi ne te couches-tu pas ?

C'était Céline, évidemment ! On ne l'entendait jamais arriver et elle ouvrait les portes sans faire grincer les gonds. Elle le regardait d'une façon trop soutenue, comme quand il était petit et qu'il avait fait une bêtise. Déjà en ce temps-là ce n'étaient pas ses parents qui découvraient ses gaffes, mais Céline à qui il était presque impossible de mentir.

— Couche-toi...

— Non... Je ne pourrais pas dormir...

— Écoute, Jules... Dis-moi ce que tu as fait, à Quimper...

— Moi ?

— Oui, toi.

Quand elle voulait lui tirer les vers du nez, elle prenait une voix douce, indulgente, mais il savait bien que cela ne durait pas et qu'elle changeait dès qu'elle avait obtenu un résultat.

— Tu crois que j'ai été dupe ?

Il eut peur. Un instant, il fut persuadé qu'elle avait fait un rapprochement entre son état et l'accident.

— Dupe de quoi ?

41

— J'ai bien vu comme tu étais embarrassé quand tu as parlé du portefeuille...

— Ah ! bon...

Les chambres étaient basses de plafond, avec une grosse poutre au milieu, que Guérec touchait presque de la tête. Il y avait des broderies partout, et des bibelots, des souvenirs de première communion, des cartes postales envoyées par des camarades en voyage de noces.

— Si tu avais perdu ton portefeuille au Café Jean, on l'aurait retrouvé...

— Qu'est-ce que tu en sais ?

Il commençait à se demander s'il ne valait pas mieux avouer quelque chose pour éviter de dire toute la vérité.

— J'ai téléphoné...

— Et alors ?

— J'ai demandé à quelle heure tu étais parti... On a appelé le garçon et il a été ennuyé... Il ne savait que répondre...

— Il ne m'a peut-être pas vu sortir...

— Mais non, Jules ! Allons sois franc... Tu es encore allé avec une femme, n'est-ce pas ?

Une fois de plus, comme il venait d'accoster une passante dans le genre de celle de l'autre jour, il était tombé soudain nez à nez avec Céline qui était venue à Quimper à l'improviste, en profitant de l'auto du quincaillier. Depuis lors, elle se méfiait.

— Avoue !... Je ne te dirai rien. Tu es un homme, évidemment ! Cela ne regarde que ta conscience.

Il hésitait encore, en fixant la fenêtre glauque.

— C'est elle qui t'a volé ton portefeuille, n'est-ce pas ? Il devait rester cent francs dedans...

— Oui...

— Tu avoues ?

Il baissa la tête. Cela valait mieux ainsi.

— C'est malin, hein ! Et tu crois intelligent de nous raconter des histoires, de laisser Émile téléphoner de tous les côtés pour retrouver ton portefeuille !... Sans compter qu'un jour ou l'autre tu nous rapporteras une maladie...

— Céline !

— Tu es allé te confesser, au moins ?

Il dit oui, sans même avoir bien entendu la question.

— Couche-toi... Tu verras que tu n'es pas très malade... C'est ça qui te turlupinait, et rien d'autre...

Si la porte avait fermé à clef, il se fût enfermé, mais il n'y avait même pas de verrou. Céline pouvait revenir, ou Françoise, qui prenait les poussières dans la chambre voisine.

Il n'avait même pas le droit de grimacer ! Il n'aurait pas pu pleurer s'il en avait eu envie !

Deux ou trois fois la sonnette tinta, en bas, dans la salle. Il avait retiré sa vareuse, mais il eut froid et il endossa la vieille qui était étroite et qui le gênait aux épaules.

Comment aurait-il fait pour envoyer de l'argent à Marie Papin ? Il ne voulait penser qu'à cela. C'était positif. C'était moins affolant que de penser au petit Jo, à ses jambes cassées, à son ventre, à la piqûre...

Demander de l'argent à qui ? A la tête de rat ? Émile Gloaguen avait sûrement des économies et, chez lui, c'était lui qui tenait la bourse. Mais il en profiterait pour faire de la morale à Guérec. Il avait la manie de tout vouloir diriger, de se croire plus intelligent que les autres. Si son beau-frère lui demandait de l'argent, ce serait encore pis et cela durerait éternellement. Du coup, il se croirait vraiment le maître de la maison !

— Tu dors ?...

C'était Françoise, qui parlait à voix basse après avoir entrebâillé la porte.

Elle s'étonna de le voir debout, car il ne se décidait pas à s'asseoir ou à se coucher.

— Céline m'a tout raconté...

— Ah ! oui...

— Comme je lui ai dit, cela vaut mieux ainsi que si tu avais une liaison... Tu ne veux pas que je te monte un bol de chocolat ?

— Non.

— Si c'est pour rester debout, tu ferais mieux de descendre...

Alors il cria :

— Non ! Non ! Et non !... Entends-tu ?... Je veux qu'on me laisse tranquille...

Et il en avait les larmes aux yeux. Il referma la porte derrière sa sœur ahurie et c'est presque avec volupté qu'il retrouva ses fantômes, le petit, Marie Papin, et l'autre jumeau qu'on ne distinguait pas de son frère...

Comment faire pour leur envoyer de l'argent ?

III

Quand Marthe apporta de la cuisine un plat odorant de homard, Céline, pour qui c'était déjà devenu une habitude, se tourna vers son frère et lui adressa un petit signe. Ou plutôt il n'y avait pas de signe à proprement parler. Elle n'avait qu'à le regarder d'une façon spéciale. Cela voulait dire :

— Tu sais ce que le docteur a dit...

Il soupira. Que pouvait-il faire ? Il resta sans manger, l'assiette vide, pendant que les autres se régalaient. C'était le second anniversaire du mariage de Marthe. Les deux sœurs et le frère avaient été invités à dîner dans le petit appartement du quai de l'Aiguillon et les Gloaguen avaient bien fait les choses : fleurs sur la nappe, quatre verres devant chaque couvert, bourgogne qui chambrait près du poêle, champagne sous le robinet de la cuisine... Émile était très animé et, bien qu'il n'y eût là que de la famille, il veillait à ce que tous les rites fussent suivis.

Dehors, il gelait pour la première fois de l'hiver et la lune brillait dans un ciel vide, baignait la ville de tels rayons qu'on pouvait lire son journal dans la rue.

— Tu ne lui en laisses pas manger un peu, Céline ?

Jules Guérec préférait se taire. C'était venu trop bêtement ! A cause de l'enterrement...

Oui, le jour de l'enterrement du petit, il avait eu peur, peur de lui, peur d'être entraîné à y aller malgré tout et de se trahir par son attitude. Beaucoup de monde prenait le bac pour se rendre à la maison mortuaire et Françoise s'y rendait aussi, par curiosité.

Jules avait refusé de sortir de sa chambre. Il s'était plaint d'un malaise vague et Céline l'avait forcé à se coucher. C'était une vilaine journée de vent mouillé. Il avait entendu les cloches. Il avait pensé à des tas de choses et enfin, vers deux heures, Céline était montée triomphalement avec un médecin de Concarneau qu'il ne connaissait pas.

Quel supplice ! C'était un homme du genre consciencieux, qui avait demandé une serviette et qui, dix minutes durant, avait écouté, l'oreille collée à la poitrine et au dos de Guérec, tapotant les côtes de son doigt, répétant doucement :

— Respirez... Plus fort...

La chambre était pleine de grisaille. Céline restait là, à regarder la poitrine pâle de son frère. Et le docteur ne disait rien, tournait, tout petit, autour de ce corps énorme !

— Couchez-vous...

Il lui tâtait le foie, la rate, prenait enfin dans sa mallette une sorte de bracelet en caoutchouc pour mesurer la tension artérielle. Quand il sortit de la chambre, laissant Guérec seul avec ses pensées, il n'avait encore rien dit. Ce ne fut qu'en bas qu'il déclara aux deux sœurs :

— Trop de tension... Je vais lui prescrire un régime...

Maintenant, à quinze jours de là, Guérec ne savait plus au juste s'il était malade ou non. Il regardait les autres manger leur homard, et, alors que ses sœurs croyaient qu'il en avait faim, il pensait à autre chose, se demandait si le moment était favorable :

— A propos..., lança-t-il soudain, après s'être essuyé la bouche de sa serviette.

Céline le regarda, ce qu'il craignait précisément.

— ... Tout à l'heure, j'ai engagé quelqu'un, un pauvre garçon qui me sera utile...

— Pour quoi faire ?

Il était rouge. Il n'osait fixer personne. Par surcroît, il se voyait dans la glace, au-dessus de la cheminée.

— Les deux bateaux sont sales, surtout le *Françoise...* Mon homme passera ses journées à bord et commencera dès maintenant à gratter la peinture, de sorte qu'au printemps...

— Quand as-tu fait cela ?

— Cet après-midi.

— Sans nous en parler ?

Du coup le homard de Marthe devenait insipide. Elle cherchait à comprendre. Jamais une chose pareille ne s'était produite.

— Qui est-ce ?

— Un pauvre diable, qui nous sera tout dévoué... On l'appelle Papin...

— Quel Papin ?

Et lui, le nez dans son assiette :

— Le frère de cette femme... tu sais... celle qui a eu un enfant écrasé...

Il n'aurait pas pu expliquer comment cela s'était passé. Peut-être, après tout, était-il réellement malade et la maladie influait-elle sur son caractère ? Depuis quinze jours, il n'avait de goût à rien et ses sœurs le sentaient bien.

— Tu devrais armer à la petite pêche, ne fût-ce que pour essayer, disait Céline.

— Les autres n'arrivent déjà pas à vendre leur poisson !

C'était un peu vrai, mais les années précédentes cela ne l'empêchait pas de faire une campagne d'hiver avec un des bateaux. Il ne pouvait passer toutes ses journées sur les chantiers, à surveiller la construction du nouveau dundee. Il allait bien à bord des deux autres, où il bricolait, mais il en avait vite assez.

Alors, invariablement, ses pas le conduisaient rue de l'Épargne et le quatrième jour, enfin, il avait aperçu, revenant de l'école, le petit Papin qu'il avait tout de suite reconnu, car il était en noir des pieds à la tête. C'était un gamin pâle, aux cheveux blonds, aux yeux clairs et un peu tristes. Il n'était pas fort, cela se voyait à ses jambes maigres, à ses genoux trop saillants. Trop petit pour sonner, il faisait cliqueter la boîte aux lettres de la porte...

Puis Guérec avait aperçu un homme encore jeune qui entrait dans cette même maison en portant des lignes de pêche. Qui était-ce ? Un locataire ? Un parent ? Un amant ? Sans raison, cela l'avait mis de mauvaise humeur.

Les journées étaient courtes, les soirées interminables. Céline avait entrepris de broder un chemin de table et le travail durerait tout l'hiver, car elle avait choisi un dessin compliqué et sans cesse elle devait appeler Françoise pour lui demander conseil. Lors de ses visites, Marthe l'aidait. Tout le monde travaillait au chemin de table, disait son mot, choisissait les soies de couleur.

Il avait essayé de lire, lui, mais ça ne lui avait jamais réussi. Alors, muni de ses lunettes qui le transformaient, il avait décidé de commencer les comptes de fin d'année et il restait des heures dans la salle à manger, parmi les factures et les livres de caisse.

Pourquoi sa pensée revenait-elle toujours à la maison de la rue de l'Épargne ? Il se disait :

— Le petit doit être en train de faire ses devoirs...

Mais elle, Marie Papin ? Il ne savait même pas comment elle était ! Au retour de l'enterrement, Françoise avait déclaré :

— Elle n'a pas de santé... Elle s'est évanouie pendant la messe et on a dû la transporter à la sacristie...

Il la voyait blonde, comme le petit qui restait, avec le même teint laiteux, les mêmes yeux transparents. Et il ne se trompait guère, car il la vit enfin, sur son seuil, un matin, discutant avec le facteur. Ce qui le frappa, c'est que ce n'était pas une femme, mais une jeune fille. Elle paraissait vingt ans. Elle portait le deuil, elle aussi, avec un tablier à petits carreaux sur sa jupe noire. Sans doute était-elle occupée à faire son ménage car ses cheveux étaient défaits et le chignon pendait sur sa nuque.

Mais il n'entendit pas sa voix ; il passa sur l'autre trottoir. Il finissait par avoir peur d'être remarqué. Il finissait aussi par se laisser impressionner par les soins dont Céline l'entourait.

— Le docteur a dit...

On lui mesurait même le cidre et on lui préparait des purées de pommes de terre, des légumes à l'eau...

— Tu as encore eu un sommeil agité, cette nuit. Je t'ai entendu gémir...

Parce qu'il rêvait ! Toujours de la même chose ! Il allait chez son mécanicien pour avoir l'occasion de passer devant chez Marie Papin. Il n'osait pas parler d'elle et il espérait toujours que la conversation viendrait d'elle-même sur son cas. Mais une usine de conserves avait brûlé, une nuit, et tout le monde s'en occupait, car on prétendait que c'était la malveillance, voire la vengeance d'un groupe d'ouvriers en chômage.

Émile lui-même ne parlait plus des 8, comme il appelait, au début, l'enquête au sujet des voitures.

Ce matin-là, Guérec était allé jusqu'au bout de la digue, les mains dans les poches, à regarder les deux ou trois vieux qui pêchaient. Il avait aperçu un homme jeune qui retirait un assez beau congre et il avait soudain reconnu l'homme qu'il avait vu entrer chez Marie Papin.

— Pas mal..., avait-il dit à voix haute pour engager la conversation.

L'autre avait tourné vers lui un visage souriant, mais d'un sourire si vide de pensées que Jules Guérec en avait été gêné. Puis, au lieu de parler, il avait bredouillé des syllabes confuses, en souriant toujours.

Un des vieux les observait. Guérec s'en approcha.

— Vous ne le connaissez pas ?

— Non...

— C'est le frère de Marie Papin, celle qui a eu son petit tué par une auto... Il est « innocent »...

C'est de là que l'idée était née. Pendant une heure, sans rentrer chez lui, il l'avait roulée dans sa tête. Il était même allé au Café de l'Amiral exprès pour en parler.

— Tu connais le frère de Marie Papin ?

— L'idiot ?

On disait qu'il était doux, qu'il passait ses journées à pêcher au bout de la jetée parce que personne ne voulait l'employer. Il avait vingt ans et il était vigoureux.

— Et sa sœur ?

— Depuis que l'usine est fermée, elle lave le linge pour deux ou trois familles, ce qui lui permet de rester chez elle...

A midi, il ne dit toujours rien à ses sœurs et il se sentait déjà coupable envers elles. Il lança bien :

— Ce que nos bateaux peuvent être sales...

Mais elles furent loin de penser que c'était pour les préparer à la nouvelle.

A trois heures, il sonnait chez Marie Papin, aussi ému qu'un amoureux, se demandant s'il trouverait ses mots, et il souhaitait presque qu'elle ne fût pas là. Il entendit des pas dans le corridor. Elle ouvrit la porte, le regarda en essuyant ses mains mouillées à son tablier.

— Monsieur... ?

— Excusez-moi... Je suis venu vous voir au sujet de votre frère...

— Il a fait des bêtises ?

— Non... Pas du tout... Au contraire...

C'était ridicule de dire « au contraire », mais il ne l'avait pas fait exprès.

— Je voudrais lui donner du travail... Je suis Jules Guérec.

— Du Bois ?

— Oui... S'il pouvait garder mes deux bateaux pendant la journée et bricoler à bord...

— Vous le connaissez ?

Elle ne pensait pas à le faire entrer et il restait sur le seuil, elle dans le corridor.

— Je sais qu'il n'est pas tout à fait comme un autre...

— Il n'est pas ici... Si vous croyez, je peux vous l'envoyer demain... C'est à l'épicerie ?

— Non... Je préfère venir le prendre moi-même...

— A quelle heure ?

— A huit heures, voulez-vous ?

Il marchait à nouveau dans la rue, sa casquette à la main. Elle était bien comme il l'avait pensé. Il y avait un détail, pourtant, qu'il ne s'expliquait pas. Elle était morne ! On ne la sentait pas vivre. Elle était restée devant lui sans une réaction et elle parlait d'une voix monotone, ne prononçant que juste les mots nécessaires. Est-ce que, par hasard, elle ne serait pas un peu comme son frère ?

Non... C'était le chagrin, la misère...

Il était heureux d'avoir trouvé un moyen de lui venir en aide. Il donnerait vingt francs par jour à son frère... Non, quinze, car Céline n'admettrait jamais de payer vingt francs un gardien, surtout un gardien simple d'esprit.

Il lui en parlerait le soir, chez les Gloaguen, avec l'air de rien, ce qui éviterait de longues explications.

Marthe, qui connaissait ses deux sœurs, observait

Céline qui mangeait toujours et qui articula d'une voix encore douce :

— Ce Papin, ce n'est pas l'idiot ?

— Il n'est pas tout à fait normal... Mais c'est un brave garçon, je me suis renseigné...

— Sans rien nous dire ?

— J'ai cru que cela n'en valait pas la peine... Depuis quelques jours, déjà, je pensais à faire nettoyer les bateaux...

Ses oreilles étaient cramoisies. Il est vrai qu'il faisait très chaud dans la salle à manger trop petite, encombrée de meubles et de bibelots.

— Je suppose que tu ne lui as pas donné une réponse définitive ?

— Si !

La colère n'explosait toujours pas. C'était le genre de Céline, qui était d'autant plus calme qu'elle était plus émue. Son visage changeait, devenait long et dur, le nez pointu, les prunelles immobiles.

— Tu y comprends quelque chose, toi, Françoise ? Et vous, Émile ?

— Moi, vous savez...

— Je ne parle pas seulement du procédé. Car nous avons tous les mêmes parts dans les bateaux et, les autres fois, il ne choisirait pas un mousse sans nous en parler...

Marthe s'était levée et remplaçait sur la table le homard par un poulet. Tête de Rat, debout aussi, versait avec précaution du bordeaux dans les verres.

— Je connais les gens mieux que lui et, chaque fois qu'il a essayé de faire quelque chose tout seul, il a été roulé...

— Si nous parlions d'autre chose ? soupira Guérec.

— Pourquoi ? Nous sommes en famille et on peut bien se dire des vérités. Depuis quelque temps tu n'es plus le même. Je serais curieuse d'apprendre ce qu'il y a là-dessous...

— Peut-être une femme ? risqua Françoise sans méchanceté.

— Je ne dis pas non. On l'a vu plusieurs fois au Café de l'Amiral, où ils ont toujours de jeunes serveuses...

Émile adressa un clin d'œil à son beau-frère, mais Guérec n'était pas d'humeur à rire.

— C'est malin ! soupira-t-il en repoussant son assiette.

— Est-ce que je dois dire à Émile ce que tu es allé faire la dernière fois à Quimper et comment tu as perdu ton portefeuille ?

— Maintenant, il s'en doute...

— C'est notre anniversaire, s'écria Marthe pour faire la paix. Si on parlait d'autre chose ? J'ai reçu le patron de robe que j'ai commandé à Paris et je vous le montrerai tout à l'heure...

L'armistice dura dix minutes, le temps de manger le poulet et d'apporter la salade à table. C'était Marthe qui faisait le service, gentiment, tout heureuse de recevoir et d'avoir préparé un bon dîner. Sur la cheminée une caisse de cigares, et il y avait un service à liqueur sur un guéridon.

Émile, béat aussi, regardait avec satisfaction la nappe blanche, les fleurs, les meubles de noyer ciré ; chaque fois qu'il portait son verre à ses lèvres, il humait longuement le fumet du vin.

— Il a neuf ans..., expliqua-t-il à Guérec. Je l'ai eu par un de mes agents qui a de la famille en Gironde...

La lutte recommença au moment de se lever de

table ; Céline s'approcha de lui en souriant, comme pour faire la paix.

— Qu'est-ce qui t'a pris, grand imbécile ? murmura-t-elle.

Il détourna la tête, boudeur, et elle lui mit la main sur l'épaule.

— Allons ! Dis-moi que rien n'est décidé et que nous discuterons de cela demain. Il faut que je me renseigne sur ce garçon. Il faut voir aussi s'il peut rendre des services pour l'argent qu'on lui donne. Qu'est-ce que tu lui as promis ?

— Quinze francs par jour.

— Tu es fou ? Quinze francs par jour à un simple d'esprit qui ne fera que des gaffes ?... Si encore tu avais parlé de deux cents francs par mois...

— Laisse cette question tranquille, veux-tu ?

— Du café ? s'informa Marthe.

— Pas pour Jules. Le médecin le lui défend...

— Ouais ! grogna-t-il.

— Qu'est-ce que tu dis ?

— Rien ! Tu m'embêtes...

— Et toi ? Tu crois que je suis tranquille quand je te vois comme ça ? Je ne tiens pas à recommencer la vieille histoire...

Le mot était lâché. La *vieille histoire* revenait sur le tapis ! Une histoire lamentable qui, deux ou trois fois par an, au cours d'une dispute, remontait soudain à la surface.

Et pourtant, maintenant, il y avait près de quatorze ans de cela ! Jules Guérec n'avait pas trente ans. Le jour de la foire, il avait fait connaissance d'une gamine de dix-sept ans, une pauvre fille quelconque, qui avait une drôle de petite figure et un regard en vrille.

Ils s'étaient amusés. Il l'avait revue de temps en temps et un beau jour elle lui avait annoncé qu'elle était enceinte.

Peut-être les semaines qui s'étaient écoulées alors avaient-elles encore été pires que celles que Guérec venait de vivre. Il avait fini par en parler à ses sœurs, car les parents de la gamine prenaient de grands airs et exigeaient qu'il l'épousât.

Ils exagéraient, c'est vrai. Ils en faisaient une affaire d'argent, car ils savaient que les Guérec étaient riches. Quant à la petite, qui s'appelait Germaine, elle était de tous les bals depuis l'âge de quinze ans et elle avait couru avec tout le monde.

— Laisse-moi faire..., avait dit Céline.

Et elle s'était occupée de tout. Cela avait coûté trois mille francs et la petite était partie pour Paris. On avait eu toutes les chances, car l'enfant était venu un mois avant terme et était mort.

La vieille histoire, c'était ça ! On avait été près du scandale. Le père de Germaine avait menacé de venir jeter de la boue sur les vitrines et d'ameuter les gens de la rue pour les mettre au courant.

— Demain, je verrai ton simple d'esprit et je te dirai ce que j'en pense.

Il aurait pu faire semblant d'être d'accord, quitte, le lendemain, à imposer sa volonté. C'est ce qu'Émile semblait lui conseiller en lui envoyant de nouvelles œillades. Au lieu de cela, il s'obstina doucement, sans raison.

— C'est une affaire faite, affirma-t-il.

— Tu n'as pas signé un contrat avec lui, n'est-ce pas ?

— J'ai donné ma parole, ce qui revient au même.

— Tu es trop bête, tiens ! Il n'a peut-être même

pas compris ce que tu lui disais ou bien, à l'heure qu'il est, il a déjà oublié...

— Je me suis arrangé avec sa sœur.

— Qui ça? Celle qui a perdu son enfant? Tu la connais?

Avait-il vraiment besoin d'insister? Quelque chose le poussait. Il sentait qu'il s'enferrait et il n'était pas capable de s'arrêter. Sans compter qu'il était de plus en plus rouge et que tout le monde pouvait deviner son embarras.

— Je la connais depuis tout à l'heure, parce que je suis allé lui parler de cela...

— Ainsi tu as fait toutes les démarches à notre insu... Tu trouves ça naturel, Françoise?

— Depuis quelque temps Jules est si étrange...

— Comment est-elle, cette fille?

— Elle est en deuil... Elle est triste...

— C'est tout?

Et Céline le regardait avec attention, de ce regard dont il avait peur. Mais, chose curieuse, elle ne poursuivit pas la conversation. D'un ton pointu elle dit :

— Bien!

Puis elle se tourna vers Émile et lui demanda combien de morceaux de sucre il voulait dans son café. On avait débouché un flacon de calvados et l'odeur commençait à en imprégner l'air. Émile attendait que tout le monde fût assis pour proposer son éternelle belote.

— Moi, je vais me coucher..., annonça Guérec.

— Encore?

— J'aime mieux me coucher, répéta-t-il, obstiné. Donne-moi la clef...

— Et qui est-ce qui nous ouvrira?

— Je me relèverai...

On le laissa faire sans protester, sauf Émile, qui perdait une fois de plus sa belote. Sur le quai, Guérec aspira l'air frais et, tout naturellement, se dirigea vers la rue de l'Épargne. C'était un long détour. Son chemin était par la ville close et par le bac, d'autant plus que ses sœurs avaient prévenu le passeur.

Il était presque content de la dispute, car elle lui avait permis de parler de Marie Papin. Il marcha vite jusqu'au coin de la rue, là, il ralentit le pas, en cherchant la maison des yeux.

Il n'y avait pas de lumière aux fenêtres. Sans doute était-elle couchée? A moins, comme il n'était que neuf heures, qu'elle soit allée au cinéma?

Mais non! Elle était en deuil! Elle ne devait pas aller au cinéma...

Il était triste et content. Il ne savait pas. Il était surtout en proie à une terrible impatience, car il avait la sensation d'attendre quelque chose. Quoi? il n'en savait rien, mais il était dans un moment de flottement et quelque chose se produirait fatalement, quelque chose allait changer...

C'était curieux qu'il restât un petit exactement pareil à celui qui était mort! Est-ce que cela atténuait le chagrin de la mère ou bien cela lui rappelait-il sans cesse l'accident? Il le saurait un jour car, maintenant qu'il avait embauché le frère, il finirait bien par avoir ses entrées dans la maison.

Céline avait tressailli au nom de Marie Papin. Comme il la connaissait, elle allait, dès le lendemain, se livrer à sa petite enquête et elle saurait tout, les moindres détails, les événements les plus cachés.

Il avait le temps de repasser encore une fois et il le fit, s'arrêta même une seconde devant la maison en se demandant si la fenêtre du premier étage était celle de la chambre de Marie.

Quand il arriva chez lui, il hésita à rentrer seul, car il n'avait pas sommeil, et il alla s'asseoir près du passage d'eau, au bord du bassin, à regarder les toits de la ville close qui se découpaient sur le ciel clair.

Le passeur était de l'autre côté, au fond de sa barque, à fumer une pipe. Il ne l'avait pas reconnu et il attendait lui aussi, ils étaient deux à attendre les mêmes femmes tout en suivant machinalement la respiration de la mer qui grossissait.

Une barque passa : quelqu'un qui allait poser des casiers à la pointe du Gabélou.

On était samedi. Il y avait cinéma sur la place et bal dans la ruelle, derrière le Café de l'Amiral, où Guérec n'était plus allé depuis la *vieille histoire.*

Il n'avait même jamais su ce que Germaine était devenue. On ne l'avait pas revue à Concarneau. Sa mère était morte. Son père, qui était un ivrogne, vendait du poisson dans les rues.

Il entendit des voix. Il les reconnut, malgré la distance, car l'air était très pur ; il devina ses sœurs dans les venelles sonores de la ville close.

Le passeur installa sa godille, tendit la main vers des ombres. Céline sauta. Françoise descendit plus prudemment dans le bac.

— Vous n'avez pas vu Jules ?

— Non... Je ne l'ai pas passé...

Il était à cinq mètres d'elles et elles ne le voyaient pas.

— C'est curieux, murmura Céline.

— Tu as peut-être eu tort de le disputer... répliqua Françoise. S'il n'est pas bien portant, cela explique tout...

— C'est un principe, tu comprends ? Si nous le laissons faire une fois, il en prendra l'habitude...

Il bougea. Elles se retournèrent.

— Tu étais là ? Par où es-tu venu ?

— J'ai fait le tour par les bassins...

— Et pourquoi n'es-tu pas rentré ? Tu avais sommeil !

— L'air m'a fait du bien...

— N'empêche qu'il faudra que nous allions voir le docteur de Quimper... Celui-ci est peut-être aussi bon, mais je ne le connais pas...

La clef tourna dans la serrure. Sans s'arrêter au rez-de-chaussée, ils gagnèrent le premier étage, par l'escalier en pitchpin verni.

— Nous irons demain à Quimper avec la voiture...

— Je ne veux pas prendre la voiture.

— Alors, à quoi sert-elle ? Depuis trois semaines, elle n'est même pas sortie du garage.

— Cela m'est égal.

Il les embrassa quand même toutes les deux et il referma sa porte, resta encore un bon moment assis au bord de son lit en oubliant qu'il avait pris cette pose pour se déchausser.

Le lendemain, il descendit en tenue de travail et Céline le remarqua aussitôt.

— Tu vas poser des lignes ? questionna-t-elle de sa voix la plus naturelle.

Cela lui arrivait quand il n'avait rien à faire. Il posait des lignes de fond dans le bassin pour prendre quelques congres.

— Non, je vais à bord.

— Travailler ? Tout seul ?

Il ne comprenait pas pourquoi elle était si douce. Il ne remarquait pas non plus qu'elle était en grande toilette.

— Je vais travailler avec Papin...

Il s'approcha de la table pour prendre son café au lait et alors seulement il sourcilla car, sur la nappe, il voyait les gants de fil noir et le livre de messe de sa sœur.

— C'est dimanche ? balbutia-t-il en rougissant.

— Va vite t'habiller... Sinon, nous arriverons trop tard à la grand-messe...

— J'irai à la cathédrale...

— Comme tu voudras... Si tu as quelqu'un à rencontrer...

Elle n'en dit pas plus. Quant à Françoise, elle assistait toujours à la première messe pour garder ensuite le magasin. Elle était occupée maintenant à se déshabiller.

— C'est malin, hein ! dit encore Céline avant de mettre ses gants.

— Qu'est-ce qui est malin ?

— Toi... Tu es là comme un gros bébé qui a fait quelque chose de mal et qui a peur d'être grondé...

Elle l'aimait bien, c'était sûr. Elle le regarda s'éloigner vers l'escalier puis, seulement quand elle fut seule, elle devint songeuse.

Pour lui, c'était une journée ratée. Il alla à la grand-messe à la cathédrale, comme il l'avait annoncé, mais il n'aperçut pas Marie Papin. Peut-être n'allait-elle pas à la messe. Il y en avait beaucoup, parmi les ouvrières, qui avaient abandonné la religion.

— Je lui ai pourtant promis que j'irais aujourd'hui... A-t-elle réfléchi que c'est dimanche ?

Il marcha instinctivement en direction de la rue de l'Épargne. Au coin il y avait un groupe de jeunes gens et de jeunes filles qui riaient. Il faisait très froid. On sentait qu'il allait neiger. Dans le fond de la cathédrale, on commençait déjà à construire la crèche de Noël.

La porte de la maison était fermée, les rideaux tirés. Il sonna, hésitant, gêné, et il n'entendit rien à l'intérieur. Il allait s'éloigner quand une porte s'ouvrit, à côté.

— C'est pour Marie Papin ?

— Oui... Je reviendrai tout à l'heure...

— Elle ne rentrera pas avant le soir... Ils sont partis chez leur oncle, à Rosporden... Voulez-vous que je fasse la commission ?

— Non, merci...

Il aimait mieux ça. Il allait passer la journée sans soucis, dans la salle bien chauffée où, le dimanche, quelques capitaines comme lui venaient bavarder autour du poêle en buvant de l'eau-de-vie.

On parlerait de la pêche, des relations avec les usiniers qui étaient de plus en plus tendues, et aussi des syndicats de marins qui commençaient à devenir inquiétants.

C'était le jour du lapin. Il y en aurait à déjeuner puis, l'après-midi, un gâteau préparé par Françoise.

Il eut presque des remords en approchant de chez lui. Est-ce qu'il n'avait pas tort de brouiller tout cela, alors que les choses étaient si bien établies, si douces, si confortables ?

Pour se faire pardonner, il entra en sifflotant avec

bonne humeur et, afin de bien prouver qu'il était allé
à la messe, il lança à Céline :

— La crèche est presque finie... Cet après-midi,
nous aurons de la neige...

Puis, demain... Il ne disait rien... Il restait calme...
Il souriait en dedans...

IV

La neige ne tenait, en mince couche trouée, que là où il y avait de la terre et autour des pavés. Elle tombait toujours, très lente, s'évanouissait sans bruit, sans un frôlement, dans l'eau noire du bassin.

Guérec sonna, tandis que sur le seuil voisin un marchand de lait remettait de la monnaie à une ménagère. Il entendit des pas. La porte s'ouvrit. C'était Marie Papin.

— Mon frère est prêt, dit-elle sans faire entrer le visiteur. Philippe !... Philippe !...

Au fond du corridor on voyait un seau et des brosses au milieu de la cuisine et on devinait le petit déjeuner sur un coin de la table encombrée.

— Eh bien ! Philippe ?

— J'ai le temps, protesta Guérec.

Mais, au lieu de lui être reconnaissante de sa politesse, elle lui lança un drôle de regard. Elle ne devait pas être de bonne humeur. Il remarqua aussi que son teint était gris, comme si elle était mal portante.

— Qu'est-ce que vous allez lui donner à faire ?

C'était presque de la méfiance. Il apportait du travail au simple d'esprit que personne ne voulait embaucher et, au lieu de lui manifester de la reconnaissance, on l'examinait de travers.

— Il fera de petits travaux à bord... J'y suis une grande partie de la journée aussi...

— Si je vous dis ça, c'est qu'il ne doit pas faire trop d'efforts...

Ses sœurs avaient raison, il le sentait. Par exemple, maintenant, ce n'était pas sa place, à lui, Guérec, sur ce seuil où il attendait quelqu'un qu'il voulait engager. Et il n'avait pas à discuter, à donner d'explication ! Il n'avait pas à se pencher bêtement pour voir davantage dans la maison...

Quant au chocolat... Car il avait apporté, pour l'enfant, une grosse barre de chocolat à la crème. On en vendait chez lui, mais il l'avait acheté quai de l'Aiguillon.

— Votre fils n'est pas ici ?

— Il est à l'école...

— Vous lui donnerez ce morceau de chocolat que je retrouve dans ma poche...

Comment n'eût-elle pas été méfiante ? Est-ce qu'on retrouve une barre de chocolat, avec son papier encore propre, dans la poche de vêtements de travail ?

— Alors, Philippe ?...

Il parut enfin, sourit à Guérec, en émettant un bruit confus, et Marie Papin s'apprêta à refermer la porte. Quelle idée passa par la tête de Guérec ? Il murmura :

— Vous permettez que je vienne voir le petit ?

— Si vous voulez...

Et la porte se referma enfin. La voisine l'avait vu ; d'autres aussi, sans doute. Il était resté sur le seuil comme le laitier ou le marchand de légumes.

65

Maintenant, il marchait en compagnie de Philippe dont la démarche avait une souplesse animale. Guérec le remarqua. Son compagnon remuait sans un bruit, comme sans déplacer d'air, et pourtant il avait des membres longs et osseux.

Il ne devait pas être bête car, quand on arriva à proximité du chantier d'Argentin, ce fut lui qui attira au bord de l'eau le canot de Guérec, qu'il connaissait donc, tout naturellement, comme si c'eût été son rôle depuis toujours, il mit la godille en place et ce fut lui qui la manœuvra.

Marie Papin n'avait vraiment pas été aimable. Elle avait dû jeter le chocolat sur la table encombrée sans même y faire attention. Qu'est-ce qu'elle pouvait penser de lui ? Qu'il avait besoin de Philippe et que c'était pour cela qu'il la flattait ? En tout cas, il lui était impossible de deviner la vérité.

Alors ?... Il rougit presque en enjambant le bastingage d'un de ses bateaux et en fixant le filin du canot. Elle croyait qu'il était amoureux, parbleu ! Et c'est ce que ses sœurs allaient croire aussi ! C'est pour cela qu'elle l'avait reçu avec cet air décourageant.

Philippe, comme chez lui, descendait dans le poste, désignait le petit poêle de fonte, faisait :

— Heu... houah... heu...

— Oui, tu peux allumer du feu. Il y a du charbon derrière cette porte...

La neige fondait sur le pont. On entendait du bruit à bord d'un autre bateau, sans doute le quatrième ou le cinquième. Guérec ne savait pas au juste ce qu'ils allaient faire toute la journée et il finit par apporter dans le poste deux caisses pleines d'outils de toutes sortes, rouillés pour la plupart. Puis, il alla chercher du pétrole, de la graisse et, des heures durant, ils grattèrent la rouille, étendirent une couche grasse sur chaque objet.

Il avait peut-être, il avait presque sûrement tort. Il s'en voulait. Il s'en voulait surtout d'en vouloir à Céline de son attitude, mais c'était plus fort que lui.

Il s'en voulait enfin de se complaire dans l'atmosphère trouble qu'il avait lui-même créée, dans tout un réseau de compromissions, comme sa fausse maladie, les médicaments, le régime, ses humeurs changeantes, ses détours pour passer rue de l'Épargne et, le matin encore, cette stupide barre de chocolat.

A midi, il s'aperçut que Philippe avait apporté à manger et il partit seul, rentra chez lui où il regarda ses sœurs en dessous. Céline, contre son attente, affecta de ne rien lui dire, de ne lui poser aucune question sur sa matinée. Elle annonça seulement :

— On vient à deux heures pour le moteur...

Alors il dut s'habiller, recevoir le représentant de Rennes, aller avec lui, chez Argentin, et discuter deux heures durant détail par détail. La pompe surtout le préoccupait car, sur les deux autres bateaux, c'était avec la pompe qu'il avait toujours eu des ennuis. Il fit chercher son mécanicien qui discuta, lui aussi, avec le représentant et, pendant ce temps-là, d'un des dundees ancrés au milieu du bassin, une petite fumée montait, évoquant le poste bien chauffé et Philippe, assis par terre, occupé à gratter les outils et à les enduire de graisse.

La scène eut lieu la veille de Noël. Les vents avaient tourné, balayant la neige, et maintenant, jour et nuit, la tempête soufflait du sud-ouest, plaquant des rafales d'eau sur la ville, lançant la mer à l'assaut des digues et entrechoquant à tel point les bateaux dans le port qu'on avait dû prendre des précautions pour les empêcher de se briser.

Deux jours durant, aux jumelles, on avait pu assister à la lutte quasi désespérée d'un cargo qui n'avait pas pu entrer dans le port et qui, mouillé sur rade, avait cassé trois fois sa chaîne d'ancre et avait failli s'écraser sur la pointe du Gabélou.

Le sauvetage eut lieu la veille de Noël vers dix heures du matin. Tous les marins étaient sur la digue et l'on regardait appareiller le petit remorqueur de Garric. De temps en temps une lame se dressait toute droite et retombait sur la digue toujours au même endroit marqué par une immense flaque d'eau.

C'était une occasion de se rencontrer. On parlait de la pêche au thon et, naturellement, des usiniers qui restaient sur leurs positions et qui menaçaient même de fermer leurs portes si le gouvernement n'empêchait pas l'importation portugaise.

Le petit remorqueur, de guingois, passa d'une crête à l'autre et mit longtemps avant d'entrer en contact avec le cargo qui chassait à nouveau.

A une heure seulement il rentrait dans le port, tout fier, tirant derrière lui une masse cent fois supérieure à la sienne. Le cargo était grec. On ne s'occupa pas beaucoup des hommes, qui étaient sales et mal nourris.

Quand Guérec rentra chez lui, ses sœurs étaient déjà à table et Céline était habillée comme pour sortir.

— Tu vas me conduire à Quimper, dit-elle à son frère.

— Avec l'auto ?

— Pourquoi pas ? On ne va tout de même pas la laisser éternellement au garage. Tu as ton permis de conduire...

— J'aime mieux pas...

— Tu as peur ?

— Je n'aime pas cette route-là, avec tous ses tournants, surtout une veille de fête, quand il y a encore plus d'autobus que d'habitude.

— Il faudra que ce soit moi qui apprenne à conduire ! murmura-t-elle.

Il y avait une gêne entre eux depuis quelques jours. Guérec sentait que Céline l'épiait et cela le mettait de mauvaise humeur, d'autant plus qu'il avait en réalité quelque chose à cacher.

Il était encore allé trois fois chez Marie Papin. C'était plus fort que lui. Il se promettait de résister, puis il y allait quand même, en cherchant de mauvais prétextes.

La première fois ce fut le samedi, pour payer la semaine de Philippe, et elle fut forcée de le faire entrer dans la cuisine, car elle devait lui rendre de la monnaie.

— Vous êtes content de lui ? questionna-t-elle, l'œil soupçonneux.

— Mais oui !

— Ah !

Cela l'étonnait. Et la vérité c'est qu'il ne faisait pas grand travail. Quand Guérec était là, il bricolait avec lui et sans doute était-il plein de bonne volonté. Mais, dès qu'il restait seul, il s'immobilisait devant le feu, à rêver, ou encore il plaçait des lignes tout autour du bateau et regardait l'eau pendant des heures.

— C'est un bon garçon, dit encore Guérec.

Comme il était encore là, le petit rentra et il y avait une barre de chocolat pour lui.

— Dis merci, murmura sa mère sans conviction.

— Merci...

Il était farouche, plus farouche encore que Marie Papin et il regardait le visiteur de travers.

— Es-tu allé voir la crèche de Noël, au moins ?

Il ne répondait pas, se tournait vers sa mère comme pour lui demander conseil.

— Il n'y est pas encore allé, non.

— Qu'est-ce que tu voudrais que le petit Noël t'apporte ?

Il ne disait toujours rien. Il était buté. Peut-être même avait-il envie de pleurer et il tenait son chocolat dans la main comme s'il ne savait pas ce que c'était.

— Son frère était plus bavard que lui, remarqua Marie.

— Il lui ressemblait, n'est-ce pas ?

— Oui, mais pas comme caractère... C'est toujours au meilleur qu'il arrive malheur... Voici votre monnaie... Vous ne voulez pas une tasse de café ?

Elle demandait cela par politesse et il devait refuser. Mais il accepta pour rester davantage et elle dut attiser le feu, faire bouillir de l'eau, non sans mauvaise humeur.

— Vous n'armez pas à la petite pêche, cet hiver ?

— Je ne crois pas, non.

— On dit que vous faites construire un nouveau bateau qui filera huit nœuds...

— C'est vrai... J'espère que j'embarquerai votre frère, s'il reste aussi sérieux...

La cuisine était propre. Elle communiquait avec

une buanderie qui donnait sur une petite cour où du linge était pendu.

— Ce que j'aimerais mieux, dit soudain Marie, c'est avoir à faire le linge de chez vous. Il doit y en avoir beaucoup. Vos sœurs portent encore des coiffes, n'est-ce pas ?

— Oui, sauf celle qui est mariée...

Mais il n'osait pas lui promettre le linge. Jamais il n'oserait proposer ça à ses sœurs, qui le faisaient laver par une vieille voisine et qui le repassaient elles-mêmes.

— Je leur en parlerai...

— Dites-leur que je ne prends pas plus cher qu'une autre et que je ne me sers jamais d'eau de Javel... Deux morceaux de sucre ?

Il ne savait pas ce qui le décevait chez elle. C'était un peu la même chose que chez son fils, une lassitude, ou une indifférence qui se marquait en tout, dans l'attitude, dans le son de la voix, dans la façon de le recevoir.

Ses visites ne lui faisaient pas plaisir et sans doute l'effrayaient-elles un peu ? Oui, elle se demandait ce qu'il venait faire, ce qu'il avait derrière la tête !

— Philippe travaille vraiment ?

— Mais oui...

En tout cas, il allumait du feu chaque jour et il avait toujours son cruchon de café sur un coin du poêle.

Guérec revint rue de l'Épargne trois jours plus tard, le soir, sous prétexte de demander à Philippe où il avait mis la clef de la cambuse. Or, il avait cette clef dans la poche.

La cuisine était éclairée. Marie Papin repassait du

linge et son fils était assis par terre sur un coussin grisâtre.

— Tu ne m'as toujours pas dit ce que le petit Noël doit t'apporter.

Pas un mot de réponse ! Le gosse le regardait toujours, mais sans curiosité, comme il eût regardé un mur.

— Vous irez à la messe de minuit ?

— Non ! Comment voulez-vous que je fasse ?

— Nous y allons toujours, avec mes sœurs...

— Vous, ce n'est pas la même chose !

Et dans sa voix il y avait une rancœur de pauvre contre les Guérec qui avaient une épicerie et trois bateaux, dont un qui n'était même pas fini.

A son retour, Céline lui demanda :

— Où es-tu allé ?

— J'avais donné ma montre à réparer, quai de l'Aiguillon. Je suis allé la chercher...

Car il prenait soin de se réserver toujours un véritable alibi. Il faisait cela consciencieusement.

— Tu es revenu par la rue de l'Aiguillon ?

— Je fais chaque fois le grand tour... J'ai besoin de marcher...

Elle savait ! Quelqu'un avait dû lui dire qu'on l'avait vu entrer chez Marie Papin. Et qu'est-ce que les gens pouvaient supposer ?

Ils avaient tort, car Guérec n'avait pas d'arrière-pensées. Pourtant, il pensait beaucoup moins qu'avant au petit qui était mort.

Ce n'était pas ce qu'il avait imaginé : il avait pensé à une mère en grand deuil, pleurant, les yeux rouges, et ne pouvant chasser l'image de l'enfant.

Or, il lui avait demandé si elle était allée au cimetière le dimanche précédent et elle avait répondu que non, tout naturellement, qu'elle n'avait pas eu le temps.

Elle en parlait, certes, mais c'était pour faire des comparaisons avec son autre fils, surtout quand elle grondait celui-ci.

— Ton frère était plus sage que toi...

Et même, une fois :

— Si tu continues à être désobéissant, tu finiras comme ton frère...

Mais elle n'était pas méchante. C'était son caractère comme ça. Elle travaillait sans arrêt. Elle ne voyait personne. Elle ne devait jamais rire, ni même sourire et elle accueillait Guérec à peu près comme un gêneur.

Cette veille de Noël, Céline partit par l'autobus après avoir demandé encore à son frère s'il ne voulait pas la conduire en auto, ou tout au moins l'accompagner.

— Non, j'ai des gens à voir...

— Pour le bateau ?

— Oui... Je crois qu'on va changer la place des réservoirs...

Il aurait fait tout transformer rien que pour avoir des excuses à ses sorties et quelque chose à raconter au retour.

En vérité, il courut en ville et entra d'abord au bazar où il eut la mauvaise surprise de rencontrer une voisine qui venait acheter des jouets. Il dut attendre qu'elle fût sortie, car il voulait des jouets aussi et il n'aurait pas pu expliquer pour qui c'était.

Il ne savait pas à quoi pouvait jouer un enfant de

73

six ans et il prit au hasard une boîte de construction, un petit cheval et une auto mécanique.

Puis il pénétra à l'épicerie, en face, acheta du pain d'épice et des tablettes de chocolat.

Il n'osait rien prendre pour Marie Papin. Il l'aurait bien voulu. Il était sûr qu'elle s'humaniserait un jour ou l'autre, que ce n'était pas son vrai caractère...

Il avait attendu l'obscurité et, avec ses paquets, il gagna la rue de l'Épargne, sonna enfin à la porte.

— C'est vous! dit Marie, tandis que lui parvenait une odeur de boudin.

Il eut peur qu'il y eût un autre homme dans la maison! C'était une pensée qui ne lui était pas encore venue et il regarda avidement dans la cuisine. Mais il n'y vit, dans les fumées et les vapeurs, que le gamin qui traçait des jambages sur une ardoise.

— Je lui ai apporté quelques jouets...

— Tu entends, Edgard?

Edgard ne dit pas un mot, regarda avec curiosité les jouets que Guérec déballait et, retroussant soudain les lèvres, commença à pleurer.

— C'est l'étonnement, expliqua-t-elle. Il n'a jamais vu tant de jouets que ça. Vous avez eu tort...

— Pourquoi?

— C'est trop!

— Mais non. Je n'ai pas d'enfant!... Je suis trop heureux de pouvoir...

— C'est vrai que vous n'êtes pas marié!

Il rougit, s'assit maladroitement près de la table. Il pouvait maintenant se permettre de rester un peu. Ils étaient presque amis.

— J'ai apporté six cigares pour votre frère... Quant à vous, je n'ai pas osé...

— Moi, vous savez!...

— Vous êtes triste, n'est-ce pas ?

— Pourquoi voudriez-vous que je sois gaie ?

— C'est vrai... Je sais...

Elle pensa à l'enfant mort, car elle se hâta d'ajouter :

— Oh, ce n'est pas seulement ça...

Puis elle retira de la casserole les boudins blancs qu'elle venait de pocher et qui sentaient la sarriette.

— Vous me permettez de vous demander votre âge ?

— Pour ce que ça a d'importance... Vingt-deux ans...

— Si bien que vous avez eu vos enfants à seize ans ?

— Cela vous étonne ? J'en connais une, à l'usine, qui en a eu un à treize... Dans une ville comme ici !...

Cela le gênait. Il n'osait plus poser de questions. Il se tourna vers le petit qui se frottait les yeux.

— Tu n'as toujours pas vu la crèche. Tu ne veux pas la voir ?

Silence. Marie Papin était occupée.

— Veux-tu venir avec moi à la cathédrale ? Je te montrerai le petit Jésus, et l'âne, et le bœuf...

— Je ne crois pas qu'il vous suive... Il est très sauvage...

Elle ne le retenait jamais, pas plus ce jour-là que les autres. On eût dit qu'elle supportait à peine sa présence. Elle le tolérait, oui, et c'était tout !

Alors, pourquoi restait-il ? Pourquoi se cassait-il la tête pour trouver des choses gentilles à dire et des excuses à rester davantage ?

— Vous n'armerez pas de l'hiver ? questionna-t-elle à un certain moment.

— Je ne crois pas... La petite pêche ne rend pas...
On vend le poisson trop bon marché...

— Pas pour ceux qui l'achètent !

— Je veux dire que cela ne paie pas les frais...

— Et alors, vous n'armez pas !... Tant pis pour les
pêcheurs s'ils sont en chômage !...

A cet instant, il fut un peu suffoqué ; mais, dès
lors, du moins, il avait compris. Si elle lui en voulait,
c'est parce qu'il était un gros patron ! Il avait trois
bateaux, un magasin, une buvette. Tout le monde
savait que les Guérec possédaient leur maison et pas
mal d'économies...

— Je verrai en janvier si je ne peux pas armer le
Françoise...

— Vous savez, ce que j'en dis... Il ne faudrait pas
faire ça pour moi... C'est déjà bien beau que vous
ayez embauché mon frère, qui ne doit guère vous
rendre de services... Est-ce que vos sœurs savent que
vous venez ici ?

— Mais...

Il ne savait que répondre. Il se demandait ce que
les gens pouvaient raconter sur son compte. Sans
doute tout le monde savait-il que c'était Céline,
surtout, qui dirigeait la maison, et qu'elle n'était pas
toujours commode. Certains devaient se moquer de
lui.

Quant à la *vieille histoire,* son aventure avec
Germaine, toute la ville avait été au courant.

— ... Elles le savent, oui...

— Et elles ne vous demandent pas ce que vous
venez faire ?

C'était peut-être un moyen pour elle-même de
poser la question.

— Non... Elles n'ignorent pas que j'aime les enfants et que je n'en ai pas...

Il ne trouvait que cela à dire. L'excuse était faible.

— Votre sœur Marthe va en avoir un, n'est-ce pas ?

— Je vois que vous connaissez la famille...

— Comme tout le monde... Quand mon fils a été tué, j'ai dû aller plusieurs fois au commissariat et M. Gloaguen a été très gentil... Un moment, il a cru qu'on avait retrouvé l'automobile, mais c'était une voiture de Paimpol qui n'est pas sortie de son garage ce jour-là...

Elle travaillait toujours. Elle continuait d'aller et venir et Edgard s'était tassé dans un coin où il ruminait sa mauvaise humeur.

— Il est très instruit...

— Qui ?

— M. Gloaguen... Il m'a donné des conseils, pour le cas où l'on retrouverait l'automobiliste... D'après lui, je peux réclamer beaucoup d'argent... Mais si c'est un homme qui n'en a pas ?

Elle en parlait avec lassitude et résignation, comme du reste, et pourtant il semblait toujours à Guérec que ce n'était pas son vrai caractère, qu'il suffirait d'un rien, d'un tour de clef, d'un sourire pour la rendre vivante comme une autre.

Ses traits étaient fins et ses yeux d'une pâleur qu'il n'avait jamais vue. Elle était mince sans être maigre et il aimait surtout le dessin boudeur de sa bouche à l'épais ourlet.

— Philippe est à bord ?

— Je ne sais pas... Je ne lui ai rien dit, mais il doit savoir qu'une veille de fête il peut finir le travail plus tôt...

Il y avait progrès. Elle lui parlait, d'elle-même. Elle acceptait sa présence dans la maison. A cette heure, Céline courait de magasin en magasin, à Quimper, et elle allait sans doute, comme chaque année, lui acheter une paire de pantoufles de cuir et une écharpe pour le dimanche. Il était temps qu'il fît ses achats, lui aussi.

— Alors, vous ne viendrez pas à la messe de minuit ?

— Pourquoi irais-je à celle-là, puisque je ne vais pas aux autres ?

— Au revoir, petit... Bon Noël !... Tu ne veux pas que je t'embrasse ?...

Non ! Le petit ne voulait pas et Guérec sortit, se dirigea de nouveau vers la ville où il y avait du monde dans toutes les boutiques.

Pour se faire pardonner, il se promit de faire des cadeaux plus riches que les autres années et au lieu d'acheter des coiffes à ses sœurs, il acheta pour Céline un sac à main de quatre-vingts francs et pour Françoise une broche en plaqué or.

Pour Gloaguen, des cigares, évidemment. Enfin, pour Marthe, il hésita et il finit par fixer son choix sur un bonnet de bébé en pressentant que c'était peut-être une gaffe.

Quand il rentra chez lui, en cachant le paquet derrière son dos, Céline était déjà rentrée. On le laissa traverser la salle en feignant de ne pas voir qu'il apportait quelque chose, car les cadeaux ne devaient se donner qu'au retour de la messe de minuit.

Il fut frappé, pourtant, par le silence qui régnait dans la salle. Il posa le paquet dans sa chambre, redescendit, demanda à Céline :

— Il y avait du monde, à Quimper ?

Et elle répliqua sans le regarder :

— Tu veux savoir si Marie Papin y était ?

— Pourquoi dis-tu cela ?

— Parce qu'elle n'y était certainement pas !

— Qu'en sais-tu ? feignit-il de plaisanter.

— Si elle avait été à Quimper, tu n'aurais pas fêté la Noël chez elle avant de la fêter ce soir avec nous...

Et Cécile se leva, voulut se diriger vers la cuisine où Françoise préparait le dîner.

— Je ne comprends pas...

— Ne fais pas l'imbécile, Jules !... Tu sais bien ce que je veux dire...

— Je ne fais pas l'imbécile, mais je ne comprends pas pourquoi tu me dis ça... Je suis passé chez Marie Papin, c'est vrai, parce que je m'intéresse à ces gens-là, qui ont eu beaucoup de malheurs...

— En effet, elle a eu deux jumeaux d'un homme que personne n'a jamais vu et qui ne s'est pas occupé d'elle...

— Tais-toi !

— Et pourquoi me tairais-je ? Si tu cherches des gens qui ont eu des malheurs, je connais une vieille femme, dans la ville close, qui est impotente et qui ne reçoit pour vivre que soixante francs par mois du bureau de bienfaisance... Celle-là, tu peux aller lui porter des douceurs...

— Qui t'a dit que j'avais porté des douceurs ?...

— Tu crois que les gens ne te voient pas, qu'ils ne se demandent pas ce que tu vas faire tout le temps dans cette maison ?

De la cuisine, dont la porte était ouverte, Françoise entendait, mais elle préférait laisser Céline continuer seule la discussion.

— Qu'est-ce qu'il y a de mal ?... J'ai porté quel-

79

ques bêtises à l'enfant, en effet, mais je te jure que je n'ai rien porté pour la mère...

— Si tu dis ça, c'est que tu y avais pensé, mais que tu n'as pas osé...

C'était vrai! Céline devinait toujours et, à ces moments-là, il en arrivait à la haïr.

— Non seulement tu te rends ridicule, mais tes hommes ne sont pas contents. Si vraiment tu avais besoin de quelqu'un pour garder des bateaux qui se gardent bien tout seuls, tu pouvais choisir dans ton ancien équipage, où il y avait des pères de familles nombreuses...

— Philippe n'a pas droit au travail comme les autres?

L'argument était mauvais, mais Guérec ne contrôlait plus ses paroles. Il était capable de dire n'importe quoi et il oubliait que c'était Noël, que tout à l'heure les Gloaguen arriveraient pour réveillonner en famille et que la nuit finirait par des échanges de cadeaux.

— Écoute, Jules... Je ne suis pas plus bête que toi, tu le sais bien... Je ne t'ai rien dit, l'autre jour, quand tu as perdu ton portefeuille à Quimper, ou plutôt que tu te l'es fait voler... Je comprends que cela arrive à un homme, bien que ce soit dégoûtant...

Il ricana. Il pensait au portefeuille qu'il avait jeté dans les cabinets du bureau de tabac. Donc, il arrivait à Céline, qui se croyait si maligne, de se tromper grossièrement!

— Continue, ironisa-t-il.

— Oui, je n'ai rien dit, mais je ne vais pas te laisser recommencer le coup de Germaine... Papa et maman ont assez durement gagné leur argent pour qu'il ne passe pas à des filles pareilles...

— Je te défends...

— Tais-toi... C'est elle que tu défends... Et tu ne la connais même pas!... Je ne sais pas ce qui t'a pris...

— Rien du tout...

— Depuis que tu vas là-bas, tu n'es plus le même et je parie que c'est à cause d'elle que tu n'as pas armé à la petite pêche... Ce serait trop triste, n'est-ce pas, de rester deux jours sur trois sans la voir?...

— La preuve que tu te trompes...

— Dis!

— C'est que j'ai justement l'intention d'armer le *Françoise* pas plus tard que la semaine prochaine...

— Vous vous êtes disputés?

— Même pas! Mais j'en ai assez, comprends-tu? Je suis un homme et non plus un petit garçon! J'ai quarante ans! Je suis capitaine au cabotage... Qui est-ce qui dirige nos bateaux : est-ce toi ou moi?

— Tu es ridicule!

— Et toi, il y a des moments où tu es odieuse, à force d'égoïsme... Voilà ce que j'avais besoin de te dire... Là-dessus, bonsoir...

Il monta chez lui, mit une chaise devant sa porte, ragea, l'oreille tendue, jusqu'au moment où l'on monta enfin. C'était Marthe, qui venait d'arriver avec son mari et qui avait accepté le rôle de conciliatrice.

— Jules... C'est moi... Ouvre...

Il ouvrit.

— Qu'est-ce que tu veux?

— On ne peut pas finir la journée comme cela... C'est Noël... Souviens-toi quand nous étions petits...

Il résistait pour la forme.

— Descends... On va se mettre à table...

81

Il prit sur son lit le paquet de cadeaux et la suivit, bougon, jeta le paquet sur une chaise, serra la main de Gloaguen qui avait un costume neuf.

— A table, dit Françoise… J'ai fait le boudin selon la recette de maman…

Cela lui rappelait un autre boudin, là-bas. Il chercha Céline des yeux et sa colère tomba quand il vit, à ses paupières rougies, qu'elle avait pleuré.

Mais pourquoi avait-elle toujours raison?

Il répondit aux questions qu'on lui posait. A la fin, il était même presque gai, mais il se vengea malgré tout en posant son paquet au milieu de la table d'un air négligent, au lieu de remettre son cadeau à chacun.

— Arrangez-vous! grogna-t-il.

Seulement ses sœurs le connaissaient si bien qu'elles surent à qui chaque objet était destiné.

Quant à lui, il fut obligé de mettre son écharpe neuve pour aller à la messe de minuit.

V

C'est maintenant que le petit poêle de fonte ronflait, chauffé à bloc par un Philippe luisant de contentement ! Une fois le chalut à la mer, la voilure établie, on laissait un homme sur le pont, un seul, qu'on apercevait par l'écoutille, épais et roide dans ses vêtements cirés qui recouvraient trois épaisseurs de lainages.

Tantôt c'était le jour, tantôt c'était la nuit, mais cela n'avait pas d'importance, car le rythme des heures n'existait plus : seul comptait le rythme du chalut, qui commandait la vie à bord.

Les hommes descendaient, bouchaient tour à tour l'écoutille, se laissaient glisser le long de l'échelle de fer et avec eux de l'eau saumâtre dégringolait, se formait en rigole sur le plancher.

Il y avait toujours aussi une voix pour crier :

— L'écoutille, nom de D...!

Car toute la bonne chaleur s'en allait ! Chacun s'approchait du poêle, machinalement, tendait les mains, les frottait l'une contre l'autre.

Certains, comme le vieux Durieu, ne retiraient jamais leurs bottes. Si on restait quatre jours, cinq jours en mer, il les passait sans se déchausser.

D'autres s'arc-boutaient dans leur cadre, se faisaient aider.

— Tire... Plus fort !... oh ! là là...

Puis ils caressaient longtemps leurs pieds endoloris.

Guérec vivait parmi les autres. Il avait bien, à l'arrière, un cagibi à lui, à peine plus grand qu'un tombeau, mais, comme ce n'était pas chauffé, il préférait rester dans le poste avec ses hommes.

Ils étaient huit en tout, y compris Philippe. On n'allait pas loin : dans la baie d'Audierne ou au large de l'île de Groix, selon les vents. Trois jours, quatre jours durant, on labourait la mer avec le grand chalut, le temps de remplir les caisses de poisson.

Chacun apportait ses vivres et mangeait à sa guise. Il y en avait qui se nourrissaient de pain et de saucisson ; d'autres se faisaient cuire par Philippe des pommes de terre et de la viande. Enfin le vieux Durieu, toujours lui, prenait un poisson vivant, lui coupait la tête et mordait à belles dents dans la chair crue.

On somnolait en regardant le feu et en fumant sa pipe ; ou bien on dormait tout à fait. Dans une demi-conscience, on voyait Guérec endosser son ciré rapiécé, se diriger vers l'écoutille. On entendait ses pas sur le pont.

Déjà ! On savait ce que ça voulait dire ! Il montrait bientôt la tête :

— Allons, les gars...

Les premiers mouvements étaient les plus pénibles. Chacun allait prendre sa place, qui au cabestan, qui aux drisses, qui encore le long du bastingage.

Autant dire qu'autour du bateau on ne voyait rien

qu'un brouillard plus ou moins dilué, de la compote de pluie, comme disait un des hommes.

— Hisse !...

Un bon quart d'heure pour amener le filet, qu'on voyait bientôt palpiter le long du bord comme une monstrueuse méduse. Il fallait l'attraper avec un palan, retourner la poche sur le pont, que les crabes envahissaient, tandis que les poissons glissaient les uns sur les autres et ouvraient tous la bouche en même temps.

A mesure que le filet rentrait, on réparait les plus grosses déchirures. Guérec observait la pêche, puis la mer, décidait de l'endroit qu'on labourerait à nouveau, pendant que les hommes triaient le poisson, rejetaient les saletés à la mer, rangeaient soles et turbots dans des caissettes, entre des couches de glace.

Le pont à peine lavé à grands seaux d'eau, c'était à nouveau la ruée vers l'écoutille, vers le feu, vers le sommeil.

On effectuait déjà la deuxième sortie. La première, qui avait duré trois jours, avait été assez bonne, puisque les hommes s'étaient fait chacun deux cents et des francs de part.

Cette fois, on relevait le chalut pour la troisième fois. La mer était assez grosse et il faisait très froid. Guérec, quand il ne restait pas dans le poste avec ses hommes, allait s'accroupir dans la chambre du moteur, où il faisait aussi chaud.

Il avait une raison pour cela. Ballanec, le mécanicien, celui qui habitait près de chez Marie Papin, lui avait dit un jour, avec l'air de rien :

— Elle a un drôle de caractère, hein ?

— Qui ?

— La Marie, tiens !

Ses yeux riaient. C'était un drôle d'homme, le plus gros du bord et sans doute le plus souple. Il ne buvait pas loin d'un demi-litre d'eau-de-vie par jour et pourtant, s'il n'était jamais tout à fait de sang-froid, il n'était jamais ivre.

Surtout pour son travail ! Il avait une façon à lui de regarder son moteur avec l'air de dire :

— Faudrait pas essayer de me jouer des tours, toi !

Il lui parlait, lui donnait des coups de clef anglaise, rusait avec lui, finissant toujours par en avoir raison, alors pourtant que c'était un vieux moteur assez cabochard.

— Tes sœurs ne t'ont encore rien dit ?

Ils se tutoyaient. Ballanec, d'ailleurs, tutoyait tout le monde, comme les Flamands, qui ne possèdent pas de mot pour dire vous.

La première fois qu'ils avaient parlé de Marie Papin, Guérec s'était montré contrarié, mais c'était lui qui était revenu à la charge un peu plus tard. Maintenant, il avait son coin près du moteur, sous la claire-voie blême, dans l'odeur d'huile chaude et de saumure.

— Tu la connais bien ?

— C'est surtout ma femme, qui est du même village... Elle est née à Pleuven, près de Fouesnant... Des gens qui n'ont jamais eu de chance !... Tu sais ce qui est arrivé à son père ?

— Il est mort ?

— Oui, mais comment est-il mort ? Ce n'était pas un pêcheur. C'était un paysan, qui avait un petit bien... Un jour qu'il était saoul, il engueule son valet, un gars de seize ans... Devine ce qu'il fait, le valet ?... Il lui donne un coup de fourche qui lui crève un œil et voilà Papin qui trépasse quelques jours plus tard à l'hôpital... Le môme doit encore être en prison à l'heure qu'il est... Quant à la mère, elle meurt l'année d'après, de la grippe... Et voilà maintenant que le gamin de Marie est écrasé par une auto... Il y a des gens, comme ça, qui sont marqués...

— De qui sont les enfants ?

— On ne sait pas... Peut-être qu'elle ne le sait pas elle-même ?... Je ne veux pas dire qu'elle soit plus coureuse qu'une autre, au contraire !...

De tout cela, Guérec retenait surtout :

— Il y a des gens qui sont marqués...

Il avait le temps de penser, entre deux remontées du filet. Les pensées étaient d'autant plus troubles que les yeux picotaient de sommeil, que les oreilles, près du moteur, bourdonnaient, que tout le corps s'alanguissait.

Philippe ne s'occupait que de Guérec, pour qui il s'était pris d'affection et il lui apportait du vin chaud, ou des châtaignes. Quand le patron se débottait, il mettait des cendres brûlantes au fond des bottes, car c'étaient de simples sabots de bois surmontés de tiges de cuir. Le bois noircissait un peu. Philippe rejetait les cendres à la mer et Guérec retrouvait ses bottes toutes chaudes.

Un drôle de garçon, ce Philippe. Peut-être, après tout, ne lui manquait-il que la parole, car il ne se comportait pas en imbécile.

Une fois, comme Guérec changeait son portefeuille de place, machinalement, le simple d'esprit le lui montra en souriant de toute son immense bouche, puis il désigna l'espace dans la direction de Concarneau.

— Qu'est-ce que ça veut dire, cette grimace ?

Philippe souriait toujours, faisait signe d'ouvrir le portefeuille, puis touchait du doigt une de ses pochettes. C'était celle qui contenait le portrait de Marie Papin !

Il était heureux. Il manifestait sa joie, se frottait les mains et en fin de compte envoyait des baisers volants vers la côte.

— Tu fouilles donc mon portefeuille ?

L'autre fit oui de la tête. Il ne voyait aucun mal à ça. N'était-ce pas lui qui rangeait tous les effets du patron ? En tout cas, il était joyeux à l'idée que Guérec était amoureux...

La photo était mauvaise. C'était une petite photo de passeport qu'il avait eue par hasard. Avant d'embarquer, la première fois, le 3 janvier, il s'était rendu rue de l'Épargne, car il avait besoin des papiers d'identité de Philippe pour l'Inscription maritime.

Marie l'avait reçu comme toujours, sans joie comme sans ennui.

— Asseyez-vous...

Elle était montée dans sa chambre et en revint avec un gros portefeuille usé.

— Qu'est-ce qu'il vous faut ? L'acte de naissance ?

— Oui, cela suffira...

Le portefeuille était gonflé de papiers et des photos en tombèrent, que Guérec ramassa. Il en garda une en main, celle de Marie Papin.

— Vous me la donnez ?

— Qu'est-ce que vous voulez en faire ?

— Rien...

— Alors, à quoi bon ?

Ce n'était pas un jeu. Elle n'était pas coquette.

— Je vous en prie !

— Si cela vous fait plaisir...

Et, haussant les épaules, elle finit par trouver le papier demandé.

— Faites attention qu'il ne sait pas nager...

— Je vous le promets...

Il ne savait pas encore qu'il était amoureux. Même maintenant, il n'en était pas sûr. Enfin, s'il en avait été sûr, il n'aurait toujours pas compris pourquoi.

A bord, il voyait les choses avec un peu de recul, car il n'était pas dans la même atmosphère. Or, il arrivait que, quand il pensait à Concarneau, ce n'était jamais à sa maison, avec ses sœurs et tous les souvenirs d'enfance, mais à la cuisine de Marie Papin.

Pourquoi ? Ce n'était quand même plus à cause du petit qu'il avait tué sans le vouloir ! Ni à cause de son frère Edgard, qui restait presque aussi méfiant que le premier jour et qui plissait le front quand on l'obligeait à lui donner la main !

Marie Papin n'était pas belle... Elle le recevait froidement, comme résignée... Et surtout elle ne lui était reconnaissante de rien, ni de ses attentions, ni de ses cadeaux, pas davantage de ce qu'il faisait pour Philippe.

— Il y a des gens qui sont marqués... avait dit Ballanec.

Il était là, devant lui, à fumer sa pipe trop culottée et à le regarder, sans doute sans le voir, car il suivait aussi le cours de ses pensées. Il avait trois enfants et on disait qu'il les battait tous les soirs, par habitude ou par principe. A part cela, c'était le meilleur homme de la terre !

Est-ce qu'il battait sa femme aussi ? Probablement !

— Elle n'a pas eu de chance, c'est vrai... murmura Guérec.

— Ce sont toujours les mêmes... Ainsi, moi, si je ne m'étais pas marié, je serais officier mécanicien... J'avais commencé l'école, et tout... Je rencontre une morveuse et crac !...

Pour Guérec, c'était le contraire, au point qu'il lui arrivait de s'en effrayer. Si loin qu'il remontait dans ses souvenirs, il avait toujours eu de la chance.

Et déjà celle de naître chez lui, dans la famille la plus riche du quartier ! Quand il allait à l'école, il avait des vêtements chauds et, à sa première communion, il était le mieux habillé.

Presque tous se plaignent du temps passé comme mousse et se souviennent de la première tempête, du premier filet relevé, des coups, des injures.

Lui était le fils du patron et, si on faisait semblant d'être sévère, c'était pour la forme.

Certains de ses amis, quand la guerre avait éclaté, avaient été envoyés sur les bancs de Flandre. L'un d'eux avait eu trois naufrages et, au second, il était resté six jours dans un canot, à attendre du secours. D'autres étaient morts.

Pour Guérec, on n'aurait même pas pu dire comment cela s'était passé.

— Tu es bon gabier ? lui avait demandé l'officier devant qui ils étaient une centaine à défiler.

— Je crois...

L'autre avait prononcé un mot qu'il ne connaissait pas et, tandis que ses compagnons étaient tous affectés à un cuirassé, il s'était vu diriger sur Toulon. C'était la première fois qu'il voyageait. La Méditerranée qui, en plein hiver, était baignée de soleil, le laissait bouche bée.

Deux mois plus tard, il partait avec un mouilleur de mines et, trois ans durant, il allait vivre à bord du même bateau, dans les eaux de l'Adriatique, où jamais ils ne virent un ennemi.

C'était presque trop! Une vie comme il n'en avait jamais imaginé. Rien à faire! Du vin à volonté! Et des virées à terre, des parties de pêche...

On parlait de sous-marins, mais on n'en voyait pas. Son bateau, qui avait posé de vastes filets dans les détroits de l'Adriatique, avait pour mission de les surveiller et il accomplit pendant trois ans cette mission sans rien voir de la guerre!

Il y avait encore l'histoire de Germaine, la *vieille histoire,* comme on disait à la maison. Sans ses sœurs, il se serait laissé faire, par peur du scandale, un peu par pitié aussi, et il serait sans doute très malheureux, car il ne l'avait jamais aimée.

Les choses s'arrangeaient toujours! Il n'avait perdu qu'un bateau, quatre ans auparavant, sans que l'on déplorât un seul mort. L'assurance avait même payé un peu plus que ce qu'il fallait pour en faire construire un neuf!

Mais Marie Papin?...

Il avait peur, car il ne savait pas où il allait. A terre, il ne s'était pas rendu compte qu'il était amoureux, mais maintenant, à bord, il était bien forcé d'admettre qu'il ne pensait qu'à elle.

Elle lui manquait. En mer, on évoque toujours l'endroit où l'on voudrait être. Logiquement, il eût dû évoquer la maison de ses sœurs, qui était propre, confortable, et où tous les objets lui étaient bienveillants et familiers.

Eh bien! non... Il pensait à la cuisine toujours en désordre où on ne l'invitait même pas à entrer, et où il s'asseyait de lui-même tandis que Marie Papin continuait à travailler sans attacher d'importance à ce qu'il racontait.

Il savait que cela faisait jaser les gens. Il savait que chacune de ses visites lui valait, pendant des heures, le silence réprobateur de Céline et même de Françoise.

Il savait que cela irait de mal en pis, qu'un jour les choses tourneraient plus mal encore...

Alors ? A quoi bon ? Marie Papin ne l'aimait pas, et n'avait même pas de sympathie pour lui. Il était un patron, un homme riche, et c'était assez pour exciter sa méfiance.

A supposer qu'elle se donnât... D'y penser, il rougissait, et d'ailleurs il y pensait rarement. Mais cela lui arrivait, quand il avait chaud, près du moteur qui lui bourdonnait dans la tête. Il se trompait peut-être, mais il avait l'impression que ce serait le plus facile : devenir son amant, une fois, peut-être deux, peut-être même régulièrement...

Elle ne devait pas attacher d'importance à cela... Pas plus qu'elle n'en attachait à seize ans, quand elle se disait qu'il fallait bien y passer un jour.

Il ne voulait pas ! Au fond, il s'obstinait à chercher quelque chose de beaucoup plus compliqué et voilà seulement qu'il se comprenait lui-même.

Ballanec avait dit :

— ... Des gens qui sont marqués...

Elle semblait l'être, elle, pour le malheur, aussi profondément qu'il l'était pour la quiétude et la douceur de vivre. C'est pourquoi elle était hargneuse. Même pas : résignée ! Et jusqu'à ce mot qui était trop fort : indifférente !

Tout lui était égal. Elle vivait parce qu'il fallait vivre. Elle faisait les gestes qu'elle devait faire.

Mais, à aucun moment, il n'avait senti chez elle son goût pour quelque chose.

Alors que lui, Guérec, aimait tout ! Oui, tout ! Il y avait des joies petites ou grandes tout au long de ses journées. Joie de se lever dans sa chambre non chauffée, de regarder la fenêtre pour voir le temps, de casser la mince couche de glace qui, comme le 1er janvier, couvrait l'eau de son broc...

Joie de descendre dans une odeur de café, de tendre ses deux mains au-dessus du feu brillant, d'apercevoir la nappe à carreaux rouges devant laquelle il allait s'asseoir pour manger...

Tout était joie ! Les sabots bien cirés, la vareuse épaisse, le cache-nez doux à la peau... Joie d'échanger quelques phrases avec Louis en traversant dans son bac...

Joie de monter sur son bateau, de se rappeler qu'à midi il y aurait du ragoût aux carottes... Joie de serrer la main à quelqu'un, d'entrer dans un café, de renifler la fumée des pipes, lui qui n'avait pas le droit de fumer...

Alors, il lui semblait que ce serait merveilleux de voir enfin la joie se marquer sur le visage de Marie Papin ! Il était attiré par elle comme par un mystère. Il ne comprenait pas qu'on pût vivre sans cette multitude de petits bonheurs qui jalonnaient ses heures.

C'est pour cela qu'il apportait au gamin des barres de chocolat, des jouets... Il aurait voulu apporter maintes choses à Marie, mais il avait peur d'un refus...

Était-ce de l'amour ?

Il ne savait pas. Il s'interrogeait là-dessus car, à bord, il avait près de dix heures par jour pour penser. Est-ce qu'il pourrait vivre avec elle jusqu'à la fin de ses jours ?

Franchement, il l'ignorait. Il avait même un petit pincement à l'idée d'abandonner ses habitudes, sa maison, ses sœurs, tous ces mille riens qui avaient rempli son existence jusque-là.

— ... Des gens qui sont marqués...

Le petit Jo, par exemple, le plus intelligent des deux, le plus beau sans doute, qui se faisait renverser par une auto alors qu'il revenait de l'école ! Quelle série de hasards n'avait-il pas fallu pour cela ! Que Guérec s'attardât et avant tout que Céline eût eu l'idée d'acheter une voiture ! Puis qu'il fît, exactement sur la route de Quimper, tant de kilomètres à l'heure...

Que le bec de gaz fût à plus de vingt mètres... Que...

Comme le coup de fourche du père ! Ballanec avait précisé : un millimètre plus à droite et il ne mourait pas...

Cela finissait par faire peur à Guérec, car rien ne lui prouvait que sa chance durerait toute sa vie. Est-ce que ce n'était pas son devoir de faire pardonner son bonheur en en donnant aux autres ?

Il n'avait même pas osé parler à ses sœurs de ce que lui avait demandé Marie au sujet du linge !

— Allons !... Il est temps...

Il se secouait. Il avait encore la tête pleine d'ombres et il se hissait sur le pont, appelait les hommes, regardait la couleur de l'eau et, la plupart du temps, cela lui suffisait pour dire s'il y aurait beaucoup de poisson.

— Hisse !...

Il travaillait avec les autres. Il était le patron, mais quatre hommes sur sept le tutoyaient. Il y en avait deux qui travaillaient déjà du temps de son père et qui avaient assisté à son apprentissage.

Quelquefois, par une trouée dans le brouillard, on devinait la côte et, à la marée, on entendait le vacarme de la mer sur les brisants.

Est-ce qu'il était capable de l'épouser ? Cette question l'effrayait. De sa vie, il ne l'avait jamais examinée sérieusement, car il avait toujours considéré l'état présent comme définitif, il n'avait pas imaginé, en tout cas, qu'un changement pût venir de sa volonté.

Épouser Marie Papin ! Devenir le père d'Edgard !

Pourquoi pas ? Ils ne vivraient pas rue de l'Épargne, bien sûr. Marie s'installerait dans sa maison à lui, avec ses sœurs. Elle n'aurait plus besoin de laver le linge des gens. Elle s'occuperait du petit, aiderait Françoise au ménage, coudrait ou tricoterait, elle aussi, et on n'aurait qu'à leur donner la grande chambre qui était vide !

Il savait que c'était impossible. Pourquoi ? Pour rien ! Pour aucune raison sérieuse, mais c'était impossible quand même, il le sentait.

Ses sœurs ne voudraient pas !

Est-ce que c'était juste ? Est-ce que Marthe ne s'était pas mariée ? Est-ce qu'on ne considérait pas Émile comme quelqu'un de la famille ?

Il est vrai que Guérec n'aurait pas voulu le voir tous les jours à la maison...

Voilà !... Il touchait au problème... Partir ?... Construire une autre maison ?... Il avait de la peine à

95

se figurer qu'il se réveillerait ailleurs que dans sa chambre, en face du passage d'eau...

Chaque fois que Philippe le voyait, il lui adressait un même sourire et Guérec détournait la tête.

— Il se croit déjà mon beau-frère...

Et puis, non ! Ce qu'il voulait, c'était aider Marie, c'était la sortir de la misère, se faire pardonner le crime qu'il avait commis sans le vouloir. Elle l'avait dit : connaissant l'homme qui avait tué Jo, elle pourrait lui réclamer beaucoup d'argent...

Donc, cet argent, il le lui devait ! Il la trompait en venant s'asseoir dans sa cuisine comme un ami. Il était lâche. Il était fourbe. Il apportait du chocolat à Edgard, mais cela ne suffisait pas à ressusciter son frère !

Heureusement que le chalut accrocha au fond ! Oui, heureusement, car cela l'empêcha de penser pendant deux heures et il en était arrivé à des pensées qu'il n'aimait pas.

Le cabestan cala soudain. Les hommes se penchèrent au bastingage. Le câble de fer était à pic et tout le monde savait ce que cela voulait dire.

Certaines fois, il suffit de faire marche arrière, de tirer dans tous les sens et le filet remonte aussitôt. D'autres fois, si ce sont les lourds panneaux de bois et de fer, dans le fond, qui sont engagés sous une roche, on travaille des heures et des heures sans savoir si on aboutira et, en fin de compte, il arrive qu'on s'en aille en laissant le filet au fond de l'eau : quinze ou vingt mille francs de matériel perdu !

Dans ces cas-là, les patrons gueulent, tout le monde gueule et Guérec fit comme les autres, prit lui-même la barre, attrapa Ballanec, qui ne le méritait pas, parce qu'il mettait en marche trop brusquement.

C'était le matin. On vivait dans du blanc qui était à la fois du brouillard et du froid. Un autre bateau de pêche faisait fonctionner sa sirène et le *Françoise* dut faire marcher la sienne aussi.

Chacun donnait son avis. On sondait. Le vieux prétendait qu'il avait déjà laissé quatre ou cinq chaluts au même endroit.

— Ce sont des blocs armés de ferraille qu'on a coulés après la guerre...

Guérec le savait. C'était interdit d'y pêcher ; car, après l'armistice, on avait coulé des torpilles à cet endroit. Par le fait que c'était peu fréquenté, le poisson était plus abondant qu'ailleurs, surtout les belles soles d'un kilo et plus.

Il n'aurait osé le dire à personne, par crainte de faire rire de lui, mais, ça encore, c'était une joie. Il fallait ruser avec quelque chose d'inconnu qui était au fond de l'eau pour retirer le filet plus ou moins intact. On exécuta dix manœuvres différentes, après avoir mis à sec de toile, car le moteur suffisait.

A dix heures, le filin mollissait enfin.

— Cassé... dit quelqu'un.

Il se trompait. L'opération avait réussi. On vit bientôt la poche, trouée, naturellement, mais qui par miracle contenait encore une cinquantaine de kilos de poisson.

C'était le quatrième jour de pêche. Le lendemain était un jeudi, le meilleur jour pour la vente. Au surplus, il y en avait pour une demi-journée à réparer le filet.

— On rentre !

Grand nettoyage du pont, avec des douzaines de

seaux d'eau. Deux hommes se mettaient au travail sur le filet et les autres rétablissaient la voilure. Le bateau sautillait comme un cheval qui sent l'écurie.

— Si on vendait la pêche à Douarnenez ? proposa le vieux. C'est plus près. On arrivera pour la criée...

Il avait raison et il avait le droit de le dire, puisqu'ils étaient tous payés à la part.

— Non !... Droit sur Concarneau...

— Comme tu voudras, fiston...

Guérec voulait aller à Concarneau. Ça le prenait tout à coup, comme une démangeaison au bout des doigts, à fleur de peau, une impatience quasi voluptueuse.

Oui, il dirait à Marie Papin qu'elle devait apprendre la joie de vivre et qu'il l'y aiderait... N'était-ce pas idiot, monstrueux, qu'il n'eût pas le droit de lui donner de l'argent ?

Et pas seulement à cause de ses sœurs : elle-même refuserait !

Il tenait la barre. C'était une vieille habitude de piloter lui-même au retour. Une joie aussi de voir se dessiner les murs gris de Concarneau qui, les jours de soleil, devenaient d'une blancheur éclatante, au point de lui rappeler les villages de l'Adriatique.

Le courant était fort. Le moteur tournait rond et l'eau filait le long des flancs du bateau qui se penchait lentement à droite, puis à gauche, d'un mouvement berceur. De loin en loin, soit que Guérec n'eût pas fait attention, soit qu'une lame de fond se fût soulevée, le navire faisait un bond et des embruns tombaient comme une pluie sur le gaillard d'avant.

— Combien de caisses ?

— Cinq de soles, vingt de *vieilles* et de *vieux*... On

98

fera deux belles tables de turbots et autant de barbues...

En attendant, les hommes protégés par leur tablier en toile cirée, les mains gainées d'un vieux morceau de pneu, achevaient de préparer le poisson, car il fallait lui donner bel aspect pour mieux le vendre.

Chacun mettait de côté les bêtes abîmées ou les poissons blancs qui n'avaient pas de valeur. C'était pour eux, pour la famille, de même que les seiches et les poulpes.

Deux fois, Philippe vint sur le pont en souriant et une fois il montra la poche de Guérec, celle où on a l'habitude de mettre un portefeuille.

Cela voulait dire, sans doute, que le patron était heureux de retrouver bientôt l'original du portrait !...

— Fiche-moi la paix, toi !

Il ne s'effrayait pas. Même quand Guérec était de mauvaise humeur, Philippe n'était pas impressionné. Il l'avait prouvé en montrant clairement qu'il fouillait ses poches et son portefeuille, ce qui, dans son esprit de demi-fou, devait sembler naturel.

— Fais attention à tes sœurs !

Ballanec, de temps à autre, montait sur le pont pour prendre l'air. Il sentait toujours l'alcool. Il avait toujours le teint coloré, le sang à la tête et Guérec pensait qu'il devait faire, lui aussi, de la tension artérielle.

— Pourquoi ?

— Je ne sais pas, moi ! Ça ne doit pas leur faire plaisir. Elles se sont habituées...

A le considérer, lui, comme leur propriété ! C'était vrai ! Et pourtant il commit une autre imprudence en faisant mettre de côté un turbot de quatre livres. Les hommes auraient pu protester, car cela faisait partie de la masse commune.

Concarneau était là... Avant de rentrer le bateau dans le bassin des thoniers, il fallait accoster au vieux bassin, en pleine ville, le plus près possible du marché au poisson. Mais c'était la marée basse. On jeta l'ancre en face de la ville close et on mit le canot à l'eau.

Guérec alla le premier à terre, avec un lot de poissons. Encore une joie, celle-là ! Les autres pêcheurs qui venaient voir, qui tâtaient les soles.

— Sur quel banc ?...

— Du côté de Douarnenez...

— Quatre jours ?

— Trois jours et demi...

Il y avait de petites charrettes à bras pour transporter la pêche dans le hall de la criée. Les mareyeurs, eux aussi, venaient jeter un coup d'œil.

— Combien de tables ?

— Attendez de voir les turbots...

Il avait le sien sous le bras, dans un papier. On fit deux mille huit cents francs, ce qui n'était pas mal, et il partit vers la ville, prit par la rue de l'Épargne tandis que trois hommes conduisaient le *Françoise* à son poste.

Il sonna, tout heureux, et en même temps il fit cliqueter la boîte aux lettres, comme le petit.

— Bonjour, Marie !...

— C'est pour moi ? dit-elle en regardant le turbot qu'il déballait.

— Parbleu !

— Il est trop gros... Nous ne mangerons jamais tout ça...

— Mais si ! Cela donnera des forces à Edgard...

100

Il entrait dans la cuisine, s'asseyait, les bottes tendues au feu.

— J'ai beaucoup pensé à vous à bord...

— Ah!... Philippe ne va pas rentrer?...

— D'une minute à l'autre... Ils mettent le bateau en place!

— Vous repartez demain?

— Dans trois jours... Dans quatre, même, car je veux passer le dimanche ici...

De la maison, près du passage, on devait voir le *Françoise,* et ses sœurs devaient l'attendre avec des mines pincées.

— Dites-moi, Marie, c'est vrai que vous n'avez jamais eu de chance?

— Qui est-ce qui vous a raconté ça?

— Je ne sais pas... Je voudrais que vous en ayez, maintenant!

— Vous êtes bien gentil, mais je ne vois pas comment! Sans compter que je me suis tellement habituée...

Il s'était levé et tout à coup, comme elle prenait son fer à repasser sur le feu, il la saisit par les épaules et l'embrassa, moitié sur la bouche, moitié sur la joue, car il était trop ému pour viser.

VI

— Deux mille huit !... annonça-t-il avant même de refermer la porte.

Ces mots n'eurent aucun écho. Il regarda Céline qui cousait et qui se laissa embrasser sur la joue sans lui rendre son baiser.

— Françoise n'est pas ici ?

— Elle va rentrer.

Il était déjà fixé. Il savait qu'il y avait quelque chose, et même quelque chose d'assez grave, car Céline avait ses lèvres les plus pincées, ses traits tendus.

— On a apporté les soles ?

Il avait commandé à un de ses hommes de porter trois soles chez lui.

— Oui, on a dû les mettre à la cuisine...

Françoise entra. Elle n'avait pas de manteau : donc, elle était allée chez la voisine. Elle ne fit pas meilleur accueil à son frère.

— Qu'est-ce que tu veux manger ? se contenta-t-elle de questionner.

— Qu'est-ce qu'il y a ?

— Il reste une côtelette... Je peux te cuire des œufs...

— Vous avez déjeuné ?

Elles le faisaient exprès, c'était certain. Les autres fois, dès que le bateau était signalé, elles l'attendaient et préparaient un repas consistant. A son arrivée, les questions pleuvaient. Or, Céline ne levait pas la tête. Elle cousait toujours, son profil se détachant sur l'écran gris de la fenêtre.

— Je ne mangerai pas... prononça-t-il boudeur. Je vais dormir comme ça...

Et Françoise de répliquer froidement :

— Tu as tort.

Elle ne le retint pas et il hésita à monter, tant c'était inhabituel. Jamais elles ne l'avaient reçu de la sorte. Cela faisait l'effet d'une conspiration.

— Ma chambre est faite, au moins ?

— Bien sûr !

Guérec était fort sensible à ces petits désappointements. Les autres fois, après un bon déjeuner, c'était une joie d'aller s'étendre deux ou trois heures dans un vrai lit, puis de prendre un bain avant de descendre pour le dîner.

Ses sœurs savaient-elles qu'il était passé chez Marie Papin avant de rentrer ? Et après ? Était-ce un crime ? Plus probablement quelqu'un avait parlé du turbot qu'il avait porté rue de l'Épargne !

Il se déshabilla, bourru, un poids sur les épaules. Il était décidé à ne pas faire le premier pas. C'étaient elles qui parleraient les premières, car leur silence était encore une ruse. Elles savaient bien qu'elles le mettaient mal à l'aise, qu'il se demandait ce qu'elles savaient et elles espéraient qu'il se trahirait pour en finir...

Mais non ! Il releva les draps jusqu'à son menton et

ferma les yeux en se disant qu'il ne parviendrait jamais à dormir.

Qu'est-ce qu'il avait fait ? Qu'est-ce qu'il avait dit ? N'aurait-il pas dû prendre la peine de réfléchir avant de parler comme il l'avait fait.

Quand il avait embrassé Marie Papin, dans sa cuisine, elle ne s'était pas débattue, mais elle ne s'était pas abandonnée non plus. Elle avait subi. Puis elle s'était tournée vers lui et elle avait dit avec indifférence, comme une simple constatation :

— C'est fini !...

Et ces mots l'avaient plus troublé que n'importe quoi. Il avait eu honte. Il avait balbutié :

— Qu'est-ce que vous pensez ?

C'était superflu. A ce moment, il pouvait encore s'en aller sans créer de complication. Elle ne s'était pas fâchée. Elle ne lui demandait rien. C'était lui qui s'obstinait :

— Dites ce que vous pensez de moi, Marie...

— Qu'est-ce que vous voudriez que je pense ?

— Me croyez-vous sincère ?

— Quand vous m'embrassez ?

— Quand je vous dis que je ne pense qu'à vous, qu'à bord je n'ai cessé de vivre avec vous, au point que votre frère s'en est aperçu... Est-ce que vous m'aimez un peu, Marie ? Un tout petit peu, seulement, pour commencer ?...

— Vous êtes vraiment sentimental ?

S'il était sentimental ! Mais, pour un rien, il eût fondu en larmes ! Ses paupières brûlaient. Il la regardait avec de gros yeux troubles...

— Surtout, je ne voudrais pas que vous vous imaginiez que je me joue de vous... Vous comprenez ce que je veux dire ?...

104

— Non !

— Je veux dire que je vous respecte, que, si je vous fais la cour, c'est avec des projets sérieux...

— Sans blague !

Elle ne s'était pas arrêtée de faire son ménage. Elle finit pourtant par essuyer ses mains à un drap qui pendait près du poêle et par se camper devant lui.

— Vous ne me croyez pas ?

— Vous ne voulez pas prétendre...

— Si !

Il n'était plus lui-même. Maintenant, en y pensant, il était pris de vertige, comme s'il eût creusé un gouffre sous ses pieds. Où tout cela allait-il l'entraîner ? C'est elle qui avait articulé le mot.

— Vous m'épouseriez ?

Elle riait. Elle se moquait.

— Mais oui ! Vous valez n'importe quelle femme. Depuis que je vous connais, je vous observe et je vous admire...

— Il n'y a pas de quoi !

— Mais si, il y a de quoi... Laissez-moi encore vous embrasser, Marie, mais, cette fois, avec votre permission...

— Si vous y tenez...

Ce ne fut déjà plus la même chose que la première fois, alors que pourtant elle lui rendait presque son baiser, remuait en tout cas les lèvres légèrement.

— Vous êtes content, maintenant ? Alors, rentrez chez vous, sinon vos sœurs vont vous faire une scène... Déjà vous avez eu tort d'apporter un poisson...

— Je suis en âge de...

— Vous savez bien que non !

— Marie !...

— Quoi ?

— Vous acceptez ?

— De vous épouser ? J'accepterai peut-être le jour où l'une de vos sœurs viendra me demander ma main...

Et elle ricana.

— Remettez-vous... Ce n'est pas la peine de pleurer... Jamais elles n'admettront une chose pareille et elles ont bien raison... Partez, maintenant !... Edgard va rentrer...

Elle avait à peine dit ces mot que l'enfant faisait cliqueter la boîte aux lettres.

Voilà ce qui s'était passé ! Il n'avait rien préparé d'avance. Il ne se doutait pas, en posant le pied sur le seuil, qu'il allait prononcer des paroles aussi définitives. Car, en somme, il lui avait demandé de l'épouser ! Il avait même promis d'en parler à ses sœurs !

Marie Papin n'avait pas dit non et il aurait dû être heureux. Peut-être avait-elle été plus émue qu'elle n'avait voulu le montrer ? Il devinait que c'était son caractère, qu'elle était moins indifférente qu'elle ne paraissait, mais qu'elle avait la pudeur de ses émotions.

Qu'est-ce que ses sœurs pouvaient savoir ? L'explication finirait par avoir lieu, mais quand ? Une fois, quand il était jeune, Céline avait tenu le coup pendant trois jours, se contentant de lui adresser les paroles strictement nécessaires, et elle l'avait eu à l'usure, car il avait fini par se jeter dans ses bras en pleurant et en avouant tout ce qu'elle voulait lui faire avouer. Il ne s'agissait pas alors d'une femme, mais d'un vélo qu'il s'était acheté en cachette et qu'il avait entreposé chez un ami !

Sa tête était vide ; il avait eu tort de ne pas manger, comme si c'eût été le moyen de les punir !

Il dormit. A cinq heures, il descendit, bien lavé, rasé de frais, et s'efforçant de fredonner. Les lampes étaient allumées dans la salle. Marthe était là et elle tendit son front à baiser sans rien trouver à lui dire.

— Émile vient dîner ?

— Oui.

— Ce n'est pas le jour, pourtant ?

Elles ne relevèrent pas le mot. Il alla s'asseoir près du poêle et déploya le journal. Elles le laissèrent lire une heure durant sans lui adresser la parole. De temps en temps il soupirait, changeait sa chaise de place.

— J'ai envie d'enlever le col de ma vieille robe et de le remplacer par un col rond...

Elles n'étaient pas plus naturelles que lui. Les voix sonnaient faux. Elles avaient dû avoir un long entretien à son sujet.

Émile arriva vers six heures et demie et serra la main de son beau-frère avec moins d'affectation, mais il fut pris, lui aussi, par l'atmosphère de la maison. Il était au courant, cela se voyait. Parfois, il commençait une phrase, innocemment, puis il s'arrêtait en regardant Céline comme s'il se souvenait soudain de la consigne.

C'était long ! Guérec faillit prononcer plusieurs fois :

— Si chacun déballait enfin son sac ?

Il ne le fit pas, car il sentait que ce serait se mettre en infériorité. Il supposait que la scène aurait lieu aussitôt après le repas. Si les Gloaguen étaient là, c'est qu'on voulait réunir un véritable conseil de famille.

Pas de belote, bien entendu. Personne n'en parla. Au contraire : on avait à peine fini de manger que Marthe dit à son mari :

— Nous rentrons ?

Alors, pourquoi étaient-ils venus ? Ils partirent, en effet, embrassèrent plus longtemps Céline que de coutume. Ils n'étaient pas encore de l'autre côté de l'eau que Françoise achevait de desservir et soupirait :

— Je vais me coucher... Bonne nuit, Céline... Bonne nuit, Jules...

Et elle disparut dans la cage d'escalier.

— Dans ce cas, je vais me coucher aussi, soupira Guérec, en se disant que c'était pour le lendemain.

— Reste.

— Tu as à me parler ?

— Tu t'en doutes un peu, non ?

— Moi ? Pas du tout...

Les volets étaient fermés, la moitié des lampes éteintes dans la salle. Au-dessus des têtes, on entendait les pas sourds de Françoise.

— Dépêche-toi...

— Tu as le temps de t'asseoir.

— Ce sera long ?

Il gagnait du temps. Maintenant que le moment était arrivé, il avait la gorge serrée et il aurait bien voulu remettre les choses au lendemain.

— J'ai appris à conduire la voiture... prononça soudain Céline en continuant à coudre. Un mécanicien de la ville est venu me donner des leçons...

— Ah !

Il n'aimait pas ce début. Pourquoi lui parlait-elle de l'auto et où voulait-elle en venir ?

— Puisque tu ne la prends jamais, je m'en servi-

108

rai, moi... A propos... tu n'es jamais allé chez Marie
Papin avec, n'est-ce pas?

— Pourquoi demandes-tu ça?

— Pour rien... Ce n'est pas la peine de rougir...

— Tu n'es pas chic!

— Pourquoi donc?

— Parce que tu sais bien qu'il suffit de prononcer
le mot rougir pour que je rougisse.

— Je n'y attachais pas d'importance... Il y a des
choses tellement plus graves entre nous... Tu te
souviens de ce que tu faisais quand tu étais petit,
Jules... Si tu avais commis une mauvaise action, tu la
confessais avant de te coucher... Tu disais que tu
pouvais mourir pendant la nuit et tu ne voulais pas
mourir avec la conscience chargée...

— Eh bien?

— Depuis combien de temps dors-tu ainsi?

Elle parlait d'une voix douce, le regard baissé sur
son travail, le fameux chemin de table qui était loin
d'être fini.

— Je ne comprends pas...

— Tu n'es pas franc... C'était une de tes grandes
qualités, mais tu l'as malheureusement perdue depuis
quelque temps... Quand tu es entré, à midi, et que tu
as crié le chiffre de la vente, tu n'osais même pas me
regarder...

— C'est faux...

— Tu le jures sur la tête de maman?

— Laisse-moi tranquille!

— Pas encore... Il faut que tu finisses par te
confesser... Je n'ai encore rien dit à Françoise et à
Marthe... Contrairement à ce que tu pourrais croire,
j'ai gardé ma découverte pour moi...

— Quelle découverte?

— J'attends que tu le dises toi-même...

— Et si je n'ai rien à dire ?

— Alors, nous prendrons la voiture demain matin, tous les deux, et nous irons nous promener en face de chez Marie Papin... Tu acceptes ?

— Pourquoi pas ?

Il mentait. Il savait que c'était impossible et il restait figé à l'idée de ce que sa sœur allait dire.

— Suppose que les gendarmes soient venus, Jules ! Dans quelle situation nous aurais-tu mises ?

— Mais...

— Regarde dans le tiroir du buffet...

C'était un tiroir qui fermait à clef et qui servait de secrétaire en même temps que de coffre-fort. Guérec l'ouvrit, trouva, dans une vieille boîte à bonbons, des billets de mille francs.

— Compte-les !...

Il y en avait huit... Une somme que jamais ses sœurs n'eussent consenti à garder toute une nuit à la maison.

— Demain matin, j'irai les lui porter...

— Pour qu'elle renonce à moi ? ricana-t-il.

— Il ne faudrait pas tant que cela, tu le sais bien. Je crois même qu'elle y renoncerait pour rien...

— Alors je comprends de moins en moins.

— Je lui apprendrai ce qu'elle ne sait pas encore.

— Céline !

Il était épouvanté. C'était diabolique. Comment avait-elle pu se douter de quelque chose ? Personne ne savait ! Jamais une parole à ce sujet ne lui avait échappé. Or, il n'était plus possible, maintenant, de se tromper sur le sens de ses allusions. C'était bien de ÇA qu'elle parlait !

— Ne marche pas ainsi tout le temps, dit-elle. Tu

me donnes mal au cœur... Assieds-toi !... Reste calme... Comment est-ce arrivé ?

— De quoi parles-tu ? Comment sais-tu ?

Elle soupira, répondit par une phrase qui lui était familière.

— Je te connais comme si je t'avais fait... Depuis des semaines, je t'observe... Au début tu voulais sortir tous les jours en voiture... Quand tu m'as raconté l'histoire de la femme et du portefeuille, à Quimper, tu l'as fait trop facilement, comme si tu avais autre chose à cacher... J'ai réfléchi... J'ai confronté les dates, les heures... Je me demande avec effroi comment personne d'autre n'y a pensé...

— Tu crois ?

— Il y a près de quinze jours que je sais...

— Pourquoi ne m'as-tu rien dit ?

— A quoi bon ?... Si tu ne t'étais pas entiché de cette Marie Papin... Tu comprends, maintenant ?

Il baissa la tête, sans rien trouver à répondre.

— Qu'est-ce que tu vas faire ? questionna-t-elle après un silence.

— Que veux-tu dire ?

— Il ne faut pas de scandale... C'est moi qui irai la voir demain... Je lui apprendrai la vérité... Je lui donnerai l'argent en lui demandant la promesse de ne parler à personne... Ce n'est pas la peine que tu fasses trois ou quatre ans de prison... Car c'est à cela que tu nous as exposées avec tes histoires !...

— C'est ma faute ?

— Ta faute, oui... Si tu étais venu me parler tout de suite... Enfin ! J'espère que cette femme comprendra... C'est un gros sacrifice pour nous...

— Je ne veux pas ! déclara-t-il en s'arrêtant soudain de marcher.

— Tu ne veux pas quoi ?

Françoise, là-haut, était couchée. De quoi croyait-elle qu'on parlait ? De Marie Papin, certes !

— Je ne veux pas qu'elle sache que c'est moi...

— Tu aimes mieux continuer à la tromper ? Car tu la trompes chaque fois que tu vas chez elle. Tu abuses de son ignorance. Toi, l'homme qui a...

— Tais-toi !

— Toi, l'homme qui a tué son fils, tu t'assieds à son foyer, tu pousses le cynisme jusqu'à apporter des chocolats et des jouets à l'autre enfant...

— Je te jure, Céline...

Il était bouleversé, ne savait plus si c'était elle qui avait raison ou lui.

— Je te jure que je suis sincère... Je me suis pris d'affection pour elle... Je n'ai jamais eu de foyer...

— Merci pour nous !

— Je veux dire de foyer à moi... J'ai quarante ans et je n'ai pas d'enfants...

— Je suppose que tu ne comptes pas sur Marie Papin ?

— Pourquoi pas ?

— Tu es inconscient... Je me demande si tu as encore toute ta raison... Ainsi, tu en ferais ta femme alors que tu as tué son fils ?... Tu me dégoûtes, tiens !

— Céline !

— Va te coucher... Ce n'est plus la peine de discuter... Je verrai Marie Papin demain matin... Je lui porterai l'argent... Il est juste qu'elle reçoive à peu près ce qu'elle aurait obtenu s'il y avait eu un procès... Après, tu feras ce que tu voudras et tu iras lui demander sa main si ça te plaît...

— C'est déjà fait.

— Tu lui as parlé de mariage ?

— Aujourd'hui même, si tu tiens à le savoir... Je l'aime, entends-tu ? C'est mon droit...

— Et c'est ton devoir de lui dire la vérité... Puisque tu ne le fais pas, c'est à moi de le faire...

— Je te le défends !

Elle se contenta de lui jeter un petit regard ironique par-dessus son travail de couture.

— Écoute, Céline...

— J'écoute.

— Si tu fais ce que tu viens de dire, je te préviens que je ne resterai pas un jour de plus dans la maison. Je m'en irai, oui, pour toujours !... Et d'abord, je ferai vendre, pour avoir ma part...

Le regard de Céline ne fut plus le même.

— C'est toi qui parles ainsi, et tu n'as pas peur que maman, là-haut, t'entende ?

— Et toi ?

— Je fais mon devoir... Je ne peux pas te laisser épouser cette femme que tu trompes et qui te détestera quand elle saura la vérité...

— Ce n'est pas vrai !

— Fais-en l'expérience... Dis-lui : j'ai tué votre enfant avec mon auto, mais je vous ai apporté du chocolat, des jouets, j'ai donné quinze francs par jour à votre frère et maintenant je ne demande qu'à vous épouser...

Sans transition, il se laissa tomber sur une chaise à fond de paille, devant le poêle, et il se prit la tête dans les mains. Il pleurait. Il était dérouté, écœuré. Il ne savait plus que faire, que penser et le silence dura longtemps, tandis que Céline l'observait.

— Jules !

Il ne répondit pas.

— Tu m'entends ?

113

Il se contenta de remuer les épaules.

— Tu n'es pas bien avec nous, Jules? On ne t'a pas toujours soigné comme aucune femme ne le ferait? Tu crois que tu pourrais être aussi heureux ailleurs?

Elle savait qu'il serait sensible à ces paroles, aux images qu'elles évoquaient. Il avait été heureux, c'est vrai. Tous les soucis avaient été écartés de sa route. Elles ne lui demandaient qu'un peu d'obéissance, de ne pas fumer, par exemple, de ne pas boire d'alcool, et il était bien forcé d'admettre que cela ne lui avait pas fait de tort.

— Avoue, Jules, que nous avons tout fait pour remplacer maman!... Et surtout ne va pas te mettre dans la tête que nous ne voulons pas que tu te maries... Mais qu'alors ce soit avec une femme qui en soit digne, une vraie jeune fille qui...

— Est-ce que je suis un vrai jeune homme? balbutia-t-il comiquement.

— Tu as quarante ans. Tu es à ton aise. Tu hériteras de nous deux...

— Vous vivrez plus vieilles que moi...

— Ce n'est pas sûr... Il faut être raisonnable, Jules!...

Non! Ce n'était pas possible. Il se leva de nouveau, des sillons mouillés sur les joues. Il ne voulait pas trahir ainsi Marie Papin.

— Je l'aime! s'écria-t-il.

— Mais non, tu ne l'aimes pas... Tu crois cela parce que tu t'es apitoyé sur son sort... C'est une pauvre fille qui n'a jamais eu de chance, c'est vrai... Je me suis renseignée...

— Parbleu!

— Je ne lui reproche rien, sinon de n'être plus une

jeune fille et d'être incapable de tenir ta maison... Tu
la vois d'ici, avec nous ?

— Nous irons habiter ailleurs.

— Mais tu ne pourrais pas, mon pauvre Jules ! Tu
as tes habitudes, tes marottes... Car tu es un homme
à marottes... Si on oubliait de chauffer tes pantoufles, tu serais malheureux. Tiens ! à midi, tu aurais
bien pleuré parce qu'on ne t'avait pas attendu pour
déjeuner et parce qu'il n'y avait qu'une côtelette
froide... Je l'avais fait exprès, pour voir...

— Laisse-moi... Ou plutôt, je vais dormir...

— Je lui donne les huit mille francs demain
matin ?

— Écoute, Céline... Je te répète que si tu fais ça,
si tu dis quelque chose, je quitte la maison aussitôt...

— Et tu reviendras presque aussi vite !

— Nous verrons !

— Oui, nous verrons.

— Bonsoir, Jules !

— Bonsoir.

— Tu ne m'embrasses pas ?

— Non !

— Et si je mourais cette nuit ?... Qu'est-ce que tu
dirais, demain matin, en pensant que tu as refusé de
m'embrasser ?

C'était du chantage, un chantage classique qu'elle
lui faisait déjà quand il avait cinq ans.

— Bonne nuit !

Il se pencha et effleura son front du bout des
lèvres.

— La nuit te portera conseil..., affirma-t-elle.

Quand il ouvrit les yeux, il retrouva d'un seul coup toutes ses angoisses. Il était tard, il le voyait à la lumière. Comme il avait passé une partie de la nuit sans dormir, il ne s'était pas réveillé le matin aux premières lueurs de l'aube ainsi qu'il en avait l'habitude.

Il se mit debout, courut à la fenêtre, aperçut l'horloge de la ville close qui marquait neuf heures.

Le froid s'était dilué en pluie fine, une fois de plus. Un bateau partait pour la pêche, un cordier, dont les paniers étaient rangés sur le pont.

Il se demanda comment il devait s'habiller. Est-ce qu'il irait travailler à bord ? Est-ce qu'il aurait des visites à faire ?

Il tendit l'oreille aux bruits de la maison et ne repéra que le roulement de la machine à coudre. Cela devait être Françoise qui travaillait.

Il s'habilla très vite. Il avait les yeux gonflés et son miroir lui montra un visage plus de travers encore que d'habitude. Les marches de l'escalier craquèrent. Il rencontra en passant l'odeur de café au lait, aperçut son couvert mis sur la nappe à carreaux rouges.

Françoise, en effet, cousait à la machine, près de la fenêtre. La femme de ménage, qui venait deux fois par semaine, lavait les dalles à grande eau.

— Où est Céline ?

— Elle est sortie... Tu oublies de me dire bonjour...

— Pardon... Bonjour, Françoise... Où est-elle allée ?

— Au marché, je suppose... Nous sommes vendredi...

— Elle n'a rien dit pour moi ?

— Non... Elle était pressée...

— Comment était-elle habillée ?

— Avec sa bonne robe...

Qu'est-ce qu'il devait faire ? Qu'est-ce qu'il pouvait faire ? Peut-être à cause du grand nettoyage, la salle était aussi lugubre qu'une salle d'attente de gare. Il but son café au lait, par habitude. Il pensait à la cuisine de Marie Papin où Céline se trouvait peut-être à cet instant.

Aller la rejoindre ? Pour quoi faire ? Il ne pouvait pas nier ce qu'elle disait !

Il avait mal dormi. Sa tête était lourde et il ressentit plusieurs pincements au cœur, ce qui lui fit penser qu'il était réellement malade. Il grimaça devant Françoise pour se faire plaindre.

— Tu as toujours mal ?

— De temps en temps...

— Sans doute, à bord, n'as-tu pas suivi ton régime ?

C'était dans la famille ! Les trois filles — Marthe moins que les autres, pourtant — ramenaient toutes les questions à des détails positifs. S'il avait mal au cœur, c'est qu'il avait mangé quelque chose de contraire, parbleu !

Cela le dégoûta.

— Où vas-tu ? dit Françoise en le voyant mettre ses sabots et se diriger vers la porte.

— Dehors... Je ne sais pas...

— Prends ton écharpe...

Mais oui, il la prendrait ! C'était si grave, d'attraper un rhume ! Il était incapable de rire, incapable de pleurer. Par contre, pour un oui ou pour un non, il se serait battu avec n'importe qui.

Il se souvenait du portefeuille jeté dans les cabinets, de la carte grise qu'il n'avait pas encore pu obtenir en double, du turbot de la veille...

Si jamais Céline, là-bas, apercevait le turbot qu'on n'avait pas encore dû manger ! Car il n'en apportait jamais de pareils à la maison. Même des soles, c'était rare. Ses sœurs étaient d'avis que le poisson blanc est aussi bon et qu'il valait mieux vendre le poisson fin...

Il pleuvait sur sa casquette, sur ses épaules. Il regarda longtemps Louis passer des gens avec son bac, mais il ne voyait toujours pas revenir Céline.

En somme, il avait promis à Marie Papin de l'épouser. Car il l'avait dit. Il n'y avait pas à revenir là-dessus.

D'autre part, il avait juré à sa sœur que, si elle révélait quelque chose, il ne vivrait pas un jour de plus dans la maison.

— Je pourrai toujours coucher à bord... pensa-t-il.

En attendant, bien sûr ! Car, s'il faisait ce qu'il avait dit, il faudrait vendre les trois bateaux ! Et la maison par surcroît, pour partager...

C'était son droit. Quand Marthe s'était mariée, on s'était demandé si elle ne ferait pas la même chose, mais elle s'était contentée de demander une avance de cinq mille francs sur sa part, pour acheter son mobilier.

Ses bateaux, il les voyait, et la fumée qui sortait de la petite cheminée, indiquant que Philippe était à bord...

Cela lui mouilla les yeux de penser au demi-fou qui lui montrait son portefeuille avec tant de joie pour faire comprendre qu'il savait tout !

Edgard devait être à l'école. Les dernières fois, il s'était presque humanisé. Il ne souriait pas encore, mais il admettait comme naturelle la présence de Guérec dans la maison.

— Est-ce qu'elle y est allée ?

Il arpentait le bord de l'eau, en face du bac qui eut le temps de faire une quinzaine de traversées. L'horloge de la ville close marquait onze heures quand Céline courut pour ne pas rater le bachot. Elle avait son filet à provisions à la main.

Elle vit tout de suite son frère et elle l'observa attentivement comme pour savoir ce qu'il pensait. Lui la regardait s'approcher, plus inquiet qu'elle encore.

Elle donna deux sous à Louis, comme d'habitude. Il l'aida à porter ses provisions à terre.

— Tu ne me donnes pas un coup de main, Jules ?

Il descendit les marches creusées dans le roc, prit avec mauvaise grâce le filet qu'il avait fait lui-même à ses moments perdus et qui contenait des choux-fleurs et de petits paquets blancs : le beurre et la viande, sans doute.

— Où es-tu allée ?

— Au marché...

— Et après ?

Abritant sa coiffe de dentelle sous un parapluie, elle murmura distraitement :

— Nous parlerons de cela tout à l'heure...

VII

Il n'y avait que quelques mètres à parcourir. Guérec s'effaça pour laisser entrer sa sœur et, dans la grisaille du magasin, aperçut le visage de Cauchois. C'est probablement à cette seconde-là que tout se décida. Guérec n'aimait pas Cauchois, qui était patron pêcheur comme lui et qui possédait le plus vieux et le plus sale bateau de Concarneau. C'était un ivrogne par surcroît, qui se raccrochait à votre vareuse pour vous parler interminablement en lançant des postillons. Enfin, il se prétendait le plus fin pêcheur et le plus fin manœuvrier de Bretagne parce qu'il avait été jadis boscot à bord d'un quatre-mâts qui faisait le Chili.

Sans doute, sans le filet qu'il avait à la main, Guérec eût-il battu en retraite. Il n'était pas d'humeur à parler. Il sentait que la moindre chose l'irritait.

— Tiens !... Le voici..., s'écria Cauchois qui buvait un verre au comptoir... J'étais sûr qu'il ne tarderait pas... Écoute, mon petit Jules... J'étais en train de dire à ta sœur...

Françoise avait bien été obligée de lui servir à

boire. Céline pénétra dans la salle à manger pour retirer son manteau. Il était midi. La table était mise.

— Tu sais ce que je vaux, n'est-ce pas, fiston ? Je suis un homme, non ? Réponds ! Est-ce que je suis un homme ?

— Mais oui...

Et Guérec guettait Céline, essayant de deviner ce qu'elle avait fait. Il lui adressa même un signe qui signifiait :

— Tu y es allée ?

Elle répondit d'un mouvement de tête aussi, un mouvement froid, tranquillement affirmatif. Mais avait-elle bien compris ? Et, si elle avait compris, ne mentait-elle pas pour le faire enrager ?

— Dis-moi, Jules... Qu'est-ce que je te dois encore exactement...

— Tu ne veux pas revenir tout à l'heure ?

— C'est impossible... J'ai dit à ma femme : « Faut que je lui parle... » Et je suis venu !

On chercha dans les livres. Cauchois devait près de six mille francs, car il achetait cordages et essence à crédit.

— C'est bien ce que je pensais... Alors, suppose qu'au lieu de te donner de l'argent, je te reconnaisse une part sur mon bateau...

— Combien vaut-il, ton bateau ?

— Tu sais bien que c'est un des meilleurs de Concarneau...

— Tu veux dire le plus pourri ?

On s'était mis à table. Guérec observait toujours sa sœur, qui avait un vague sourire de contentement aux lèvres. Peut-être avait-elle eu le temps de dire un mot à Françoise, car celle-ci paraissait rassurée aussi.

— Une part te rapportera dans les deux ou trois mille francs chaque saison...

Comment Guérec n'y avait-il pas encore pensé ? Il se leva, ouvrit le tiroir du buffet, puis la boîte en fer qui contenait l'argent.

Les huit mille francs n'y étaient plus !

— Céline !

Il ne s'était même pas rassis. Il restait debout près du buffet, près du tiroir ouvert et il se moquait de la présence de Cauchois. Au contraire, il n'était peut-être pas mauvais qu'il y eût un témoin à la scène.

— Eh bien ? Assieds-toi...

— Tu y es vraiment allée ?

— Mais oui ! Puisque je te le dis !

— Tu lui as raconté ?...

— Mais oui... Pourquoi fais-tu une tête comme ça ?

Il ne la croyait pas encore. Il pensait qu'elle voulait l'effrayer. Peut-être, tout simplement, avait-elle rapporté les huit mille francs à la banque ? Puis elle avait fait son marché, comme d'habitude.

— Réponds-moi sérieusement... C'est plus grave que tu ne penses...

Cauchois, à califourchon sur une chaise, le regardait avec étonnement.

— Qu'est-ce qui te prend tout à coup, toi ?

— Laisse-moi arranger mes affaires... C'est à ma sœur que j'en ai... Toi, Céline, donne-moi une preuve que tu y es allée...

Elle se leva de table, la bouche pleine, alla prendre

son sac à main sur un meuble et y chercha un bout de papier qu'elle trouva enfin et tendit à son frère.

Guérec n'avait pas faim. Il était tiraillé par des sentiments contraires. La prudence lui recommandait de se taire, d'aller se promener une heure, de laisser partir Cauchois puis, quand il serait plus calme, de venir s'expliquer avec ses sœurs.

Ce n'était pas de la colère qu'il y avait en lui, mais une rage froide et presque de la haine à l'égard de Céline.

Il faillit ne pas prendre le papier. Il était temps encore. Puis soudain il le lui arracha des mains et s'approcha de la fenêtre pour le lire.

« Reçu de Mlle Céline Guérec la somme de huit mille francs en échange de quoi j'abandonne tout recours contre la famille Guérec pour quelque affaire que ce soit... »

Françoise, qui le regardait, cria :

— Jules !

Car elle avait vu sa tête se baisser, son cou se rentrer, elle avait surpris surtout l'expression de ses yeux.

— Tiens !... disait-il en même temps en rendant le papier à sa sœur...

Mais, au lieu de le lâcher quand Céline tendit la main, il la frappa brusquement en plein visage.

— Saleté... grondait-il en même temps. Ah ! tu as fait ça...

Sans la présence de Cauchois, les choses en fussent peut-être encore restées là. Françoise se levait, affolée. Céline avançait le bras pour se protéger.

Guérec frappait à nouveau, à main plate, en répétant :

— Saleté de saleté... Et qu'est-ce qu'elle a dit, hein ?... Est-ce qu'elle me hait, maintenant ?... As-tu obtenu ce que tu voulais ?...

Cauchois s'était approché de lui par-derrière et essayait de lui prendre les deux bras. Alors Guérec se retourna et repoussa l'ivrogne si violemment que celui-ci alla tomber par terre.

— Jules !... Calme-toi...

Il ne voulait pas se calmer. Il ne s'était jamais mis en colère, du moins à ce point-là, et il lui semblait que ça le soulageait. Il voyait le visage très pâle de Céline, son geste d'effroi, et cela l'excitait, il avait envie de frapper à nouveau.

— Ah ! tu crois que c'est fini ainsi...

Et Cauchois se relevait, revenait à la charge.

— On ne bat pas les femmes... Je te défends...

— Toi, tiens !...

Et il lui lança un coup de poing. Cette fois, en reculant sous le choc, Cauchois heurta la fenêtre dont la vitre vola en éclats.

— Jules !... Je t'en supplie... Ressaisis-toi...

Justement, il ne lui plaisait pas de se ressaisir. Il pensait exprès à Marie Papin, à la cuisine, aux tasses de café qu'elle lui préparait, au portrait qu'il avait dans son portefeuille !

Françoise se raccrochait à lui. Il la repoussa et marcha une fois de plus vers Céline, qui courut dans la salle et referma la porte à clef.

— Ouvre !...

Il répéta trois fois les dents serrées :

— Ouvre !...

Puis alors, tandis que des silhouettes apparais-

124

saient sur le trottoir, derrière le carreau brisé, il saisit une chaise et la lança de toutes ses forces sur la porte.

Il ne réussit qu'à casser la chaise et à se faire mal à la main.

Désormais, il donna des coups d'épaule.

— Ouvre, te dis-je !...

Le bois craqua. Il ne savait pas ce qu'il voulait faire. Il était hors de lui et pourtant il y avait toujours une voix qui lui conseillait le calme.

Il ne voyait plus où était chaque personnage. Il y en avait de nouveaux. Quelqu'un enjambait la fenêtre. Cauchois était encore là.

Et il s'obstinait :

— Ah ! tu ne veux pas ouvrir... Ah ! tu as peur de moi...

Il la battrait, oui, jusqu'à la faire crier de mal. Il la ferait mettre à genoux. Il faudrait qu'elle lui demande pardon, qu'elle aille demander pardon à Marie Papin aussi.

La porte cédait et il cherchait sa sœur des yeux dans la salle où, ne la trouvant pas, il prit une chaise et la lança dans l'armoire aux bouteilles.

Il y avait sept, huit, dix personnes peut-être sur le seuil, et des enfants aussi que les parents essayaient de tirer en arrière. Qu'est-ce que ça pouvait lui faire ? Il n'avait jamais pensé que Céline mettrait sa menace à exécution. Du moins pas posément, ainsi qu'elle l'avait fait, allant ensuite au marché et revenant comme si de rien n'était, le reçu dans son sac, satisfaite autant que si elle eût réussi une bonne affaire !

— Où es-tu ?...

Au moment où il allait se retourner, Cauchois sauta sur lui, par-derrière, et tous deux roulèrent par terre. Cauchois enrageait. Sentant qu'il n'était pas le plus fort, il mordit dans la main de Guérec qui poussa un cri et qui frappa de toutes ses forces de l'autre main.

Où était Françoise ? Où était Céline ? Il ne savait plus. Il voyait des jambes, des sabots. Des mains le tiraient par l'épaule et on dut frapper Cauchois pour l'obliger à desserrer les dents.

Il se releva, hargneux, débraillé, et regarda lentement autour de lui avec une sensation d'écœurement dans la poitrine. Il y avait des bouteilles cassées plein l'armoire et des liquides de couleur coulaient d'une planche à l'autre. La porte était ouverte. Les curieux avaient tout sali. Un groupe de femmes se tenait à distance sur le trottoir. Quant à Cauchois, il buvait, pour se remettre, expliquait aux autres :

— Ça lui a pris tout d'un coup, alors qu'on ne lui avait rien fait...

— Françoise... appela Guérec.

Mais elle devait être montée derrière Céline. Sans doute même étaient-elles à écouter du premier palier ?

Guérec saignait. Il voulut aller fermer la porte mais, juste à ce moment, deux gendarmes descendirent de vélo.

— Une bagarre ? demandèrent-ils, croyant que des ivrognes s'étaient battus dans le café et que c'était Guérec qui les avait fait chercher.

— J'ai tapé, oui.

— Sur qui ?

— Sur moi, lança Cauchois.

Guérec haussa les épaules.

— Sur ma sœur, surtout !

— Où est-elle ?

C'était ridicule. Il fallait en finir.

— Qui est-ce qui a cassé tout ça ?

— C'est moi.

Les gendarmes ne savaient que faire. Lui non plus. Heureusement que Céline descendit, la coiffe bien en ordre, aussi calme que si rien ne se fût passé.

— Voulez-vous bien sortir, vous autres ! dit-elle aux curieux qui s'étaient avancés jusqu'au milieu de la salle.

Puis, aux gendarmes.

— Qui est-ce qui vous a appelés ?

— On passait près de l'église quand on nous a dit qu'il y avait du bruit par ici...

— Il n'y a rien du tout. Vous prendrez bien quelque chose ?... Et vous, mon pauvre Cauchois, cela va mieux ?

Cauchois grogna, vida le verre qu'on lui offrait, lança un regard en dessous à Guérec. Celui-ci, sans attendre davantage, monta dans sa chambre, ouvrit la garde-robe, prit une valise en fibre qu'il avait achetée pour son dernier voyage à Paris. Il parlait tout seul. Il grommelait :

— Ce n'est plus possible... Tant pis !... Oui, tant pis !... C'est elle qui l'aura voulu...

Et il entassait ses vêtements dans la valise, puis il chaussait ses meilleurs souliers, bassinait son front, ses yeux, nouait un mouchoir autour de son doigt blessé.

Il avait ouvert la fenêtre. Il attendait que les gendarmes fussent partis pour descendre, mais ils s'attardaient à boire avec Cauchois qu'on ne pouvait pas mettre dehors.

Guérec entendit un frôlement dans le corridor,

127

ouvrit brusquement la porte et vit Françoise devant
lui.

— Qu'est-ce que tu fais ? questionna-t-elle en
apercevant la valise.

— Je m'en vais.

— Où ?

— Je ne sais pas... Je m'en vais pour toujours...
J'en ai assez...

— Jules !

— Quoi, Jules !

— Céline a cru bien faire, je t'assure... Si tu avais
été plus calme, elle t'aurait expliqué...

Il se voyait dans la glace, avec, comme toujours,
son visage de travers. Les gendarmes s'en allaient. Il
les entendait parler et rire sur le seuil. Car maintenant les gens riaient. Des groupes s'étaient formés à
quelques mètres de la maison et attendaient la suite
des événements.

Guérec mit sa casquette et, repoussant Françoise,
sortit de la chambre, descendit, s'arrêta un instant au
milieu de la salle. Il n'y avait plus que Céline, car
Cauchois avait tenu à accompagner les gendarmes,
avec qui il espérait faire le tour des bistrots pour
raconter partout la bagarre.

Le regard de Guérec croisa celui de sa sœur et il
eut une dernière hésitation. Elle ne le bravait pas.
Elle était calme, mais triste, et il y avait une trace
rouge sur sa joue gauche.

— Tu n'as pas d'argent, remarqua-t-elle en se
dirigeant vers la salle à manger. Attends...

Et elle revint avec deux mille francs qu'elle avait
pris Dieu sait où.

— Tiens... Quand tu en voudras d'autre, je t'en
enverrai...

Françoise l'avait suivi. Un gamin collait le nez à la vitre.

— Jules...

Pourquoi partait-il? Cela rimait-il à quelque chose? Maintenant, il était trop tard pour reculer, d'autant plus que les gens l'avaient vu du dehors.

— Au revoir...

Pour un peu, elles lui eussent tendu leur front à embrasser. La gorge serrée, il ouvrit la porte et la sonnette tinta.

— Dites donc, patron...

C'était un de ses hommes qui s'inquiétait.

— On part quand même lundi?

— Je te dirai cela...

— C'est que je voudrais le savoir...

Il évita les groupes et sauta dans le bac de Louis. Il n'avait pas la moindre idée de ce qu'il allait faire. Il surveillait sa démarche parce qu'on l'observait de loin. Louis n'osait rien demander.

— Adieu, mon vieux... Qui sait quand on se reverra?...

Un instant, il avait pensé aller chez Marie. Mais pour quoi lui dire? D'ailleurs, elle ne le recevrait même pas. N'avait-il pas tué son fils? Ne l'avait-il pas trompée ensuite? Qui sait si elle ne croyait pas qu'il lui avait fait la cour pour ne pas la payer?...

Il salua de loin des camarades qui lui crièrent :

— En voyage?

A tout hasard, il alla jusqu'à la gare. Il ne savait pas à quelle heure il y avait un train et, quand on lui annonça qu'il en partait justement un pour Rennes, il le prit.

Là, il ne se donna pas la peine de parcourir la

ville : il descendit dans le premier hôtel venu, l'*Hôtel de la Gare*, et il s'enferma dans sa chambre.

Ma chère Marthe...

Il était huit heures du soir quand il se mit à écrire. Il déchira une douzaine de feuilles de papier.

Ma chère Marthe,

Je suppose que tu as été mise au courant de ce qui s'est passé. Céline a commis ce matin un acte inqualifiable que j'aime mieux ne pas raconter par écrit. A l'heure qu'il est, je ne sais pas encore ce qu'il en adviendra. Je sais seulement que pour ma part je suis bien décidé à ne pas retourner à la maison où l'on a tout fait pour briser ma vie...

Je t'écris pour te donner mon adresse, car tu pourrais avoir besoin de moi. Je t'avertis seulement que je ne veux à aucun prix voir Céline et que ma décision est irrévocable.

Embrasse ton mari pour moi et crois-moi ton frère affectueux.

Il traîna dans les rues, entra dans un cinéma. Il ne savait que faire. Il n'avait pas sommeil. Parfois, il pensait à Céline et il était en proie à un sentiment qui ressemblait assez au remords.

Il avait frappé fort. C'était la première fois que ça lui arrivait de frapper sur elle. Quand il était parti, elle portait encore des traces sur la joue et pourtant c'était elle qui avait pensé à lui donner de l'argent.

Sans cela, il n'aurait pas pu prendre le train et il aurait dû revenir à la maison !

Il ne le regretta pas, non, mais il était triste et, le cinéma fini, il s'assit dans une brasserie et demanda de quoi écrire.

Ma chère Marie,

Maintenant vous savez tout et vous devez imaginer mon désespoir... Moi qui espérais tant effacer mon crime involontaire en vous rendant heureuse, ainsi que le petit Edgard... Car c'est à vous deux que je voulais désormais consacrer ma vie...

Il avait les larmes aux yeux. Puis soudain, il imaginait Marie Papin allant et venant dans sa cuisine, lisant la lettre négligemment et la posant sur un coin de la table, parmi les mies de pain ou les piles de linge à repasser.

Elle avait accepté la proposition de Céline ! Elle avait pris les huit mille francs et elle avait rédigé un reçu !

En supposant qu'ils se soient mariés, qu'est-ce qu'ils auraient fait, tous les deux ? Est-ce qu'ils auraient pu vivre dans la maison avec les sœurs ? Est-ce que Marie aurait accepté d'avoir un autre enfant ?

Alors, il y en aurait eu un qui n'était pas à lui et un à lui !

Il déchira la lettre, prit une autre feuille de papier et traça seulement le mot « Pardon ».

Il l'envoya. Il regagna son hôtel à pas lourds et se

coucha, dans une chambre qui n'avait pas l'odeur familière.

Le lendemain matin, il entendait des tramways dans la rue, et des bruits de toutes sortes qui n'étaient pas ceux de Concarneau. Une femme de chambre en noir et blanc lui apporta son petit déjeuner et il lui demanda s'il n'y avait pas de lettres pour lui. Or, il ne pouvait y en avoir encore.

Que décider, pour le bateau ? Ne fallait-il pas prévenir ses hommes qu'on ne partirait pas le dimanche, ni le lundi ?

Car il n'irait pas ! Il ne retournerait même pas à la maison. Tant pis ! Ses sœurs n'avaient qu'à engager un autre capitaine !

Il alla se promener. Mais il revenait toutes les heures pour savoir s'il n'y avait rien pour lui et, à cinq heures de l'après-midi, on lui annonça :

— Un monsieur et une dame vous attendent au salon...

C'était Tête de Rat, qui n'avait jamais été aussi solennel et qui, plus que jamais, était tiré à quatre épingles. Il s'était fait une tête de circonstance. Il s'avança vers Guérec à qui il tendit la main avec affection et retenue.

Quant à Marthe, en voyant son frère, elle se mit à pleurer et elle dut prendre son mouchoir dans son sac. Comme une vieille dame écrivait dans le salon, Guérec proposa de monter dans sa chambre.

Il ne l'avait pas choisie. Il s'était laissé conduire et on lui avait donné une chambre assez grande, meublée en acajou, avec une énorme armoire à glace et deux fauteuils près de la cheminée. Le regard de Gloaguen souligna aussitôt ces détails, puis il posa

132

son chapeau sur le lit, retira ses gants, toussa, commença :

— La situation, mon cher Jules, est assez délicate...

— Qu'est-ce que Céline dit ?

— Que dirait-elle ?

— Elle sait que je suis ici ?

— Elle le sait, intervint Marthe. Je lui ai dit que je venais...

— Elle t'a fait une commission pour moi ?

— Elle m'a remis une lettre...

— Montre...

Il fit sauter l'enveloppe, rougit un peu en lisant :

Mon cher Jules,

Comme s'il n'y avait rien eu entre eux ! Comme s'il ne l'eût pas battue, provoquant un scandale dans tout le quartier !

Je n'ai pas eu l'occasion, hier, de te donner des détails sur mon entrevue avec qui tu sais. Quand je lui ai annoncé que ta voiture était en cause, elle s'est contentée de murmurer :

« J'aurais dû m'en douter ! »

Mais elle ne s'est pas indignée. Elle ne s'est pas attendrie non plus au souvenir du petit. Comprends-tu ?

J'ai ajouté que dans ces conditions il était impossible d'envisager une suite à vos relations.

« Mais, ai-je dit, il est juste que nous vous donnions ce que le tribunal vous aurait sans doute accordé. »

Alors j'ai mis les huit mille francs sur la table où elle repassait et elle a laissé tomber :

« *Après tout, j'aime mieux ça !* »

Je te raconte ceci, non pour te faire de la peine, mais parce qu'il faut que tu le saches. Pour le reste, Marthe et Émile t'en parleront.

Ta sœur,

Céline.

— Elle t'a montré la lettre ? demanda-t-il à Marthe.

— Non !

Il en fut reconnaissant à Céline et il alla s'asseoir devant le poêle.

— Évidemment, commença Émile qui avait préparé son laïus, il est trop tôt pour prendre des décisions définitives... Nous avons passé la soirée d'hier avec Céline et Françoise. Inutile de dire que toute la ville est au courant de ce qui s'est passé et que, pour ma part, j'en souffre assez dans mon prestige de fonctionnaire. Je ne te reproche rien. Je constate un fait...

Il faisait chaud. Les tramways déferlaient toujours, les trains sifflaient, les autos klaxonnaient.

— Avant tout, il faut savoir ceci : comptes-tu ou ne comptes-tu pas reprendre ta place à la maison ?

— Émile !... protesta Marthe, comme si cette question seule eût été une indécence.

— C'est pourtant le problème qui se pose... Céline est fière... De tout temps, les Guérec ont occupé une situation importante dans le quartier et il est certain que leur considération va en souffrir.

134

Guérec était morne. Il se souvenait sans cesse d'un passage de la lettre :

« *Après tout, j'aime mieux ça...* »

Elle aimait mieux les huit mille francs ? Ou bien préférait-elle ne pas se marier ? Ou encore...

Pourquoi Céline avait-elle agi ainsi ? Il avait passé des semaines dans la fièvre. Il avait vraiment cru qu'il était amoureux, que sa vie allait changer. Marie Papin aussi aurait changé, il le sentait. Il lui aurait fait oublier ses malheurs, sa malchance perpétuelle. Elle aurait appris à sourire...

Il se revoyait toujours assis dans la cuisine, un coude sur la table, la regardant travailler en essayant de l'intéresser par ses propos ou d'humaniser le gamin qui ne l'aimait toujours pas.

« *Reçu de Mlle Céline Guérec...* »

Et l'autre, la Tête de Rat, qui cherchait ses mots.

— Il y a plusieurs solutions à envisager...

Il *envisageait,* lui ! Et des *solutions,* encore ! Tout juste s'il ne « *solutionnait* » pas lui-même !

— ... à savoir si on continue l'exploitation ou si...

Guérec redressa la tête. L'idée le frappait pour la première fois et le faisait sursauter. Jamais, chez les Guérec, on n'avait pensé, fût-ce une seconde, qu'on pourrait un jour vivre ailleurs que dans la maison Guérec, parmi les cordages, les épices et les liqueurs.

Lui-même, malgré son départ, écarquillait les yeux à ces mots et se tournait vivement vers sa sœur, s'attendant à la trouver indignée.

Mais non ! Elle le regardait tristement, sans plus.

— Ce n'est qu'une hypothèse, bien sûr... Le fonds peut encore se vendre un bon prix... On peut même garder une certaine somme en participation dans l'affaire...

— C'est Céline qui t'a parlé de ça ?

— Nous en avons parlé tous ensemble... Hier soir, il a fallu mettre des planches devant la fenêtre en attendant que le vitrier vienne... Tout le quartier a défilé sous prétexte d'acheter quelque chose... Cauchois, qui était ivre-mort, ne s'arrêtait plus de raconter des histoires fantaisistes...

C'était gênant de reparler de tout cela, surtout dans l'atmosphère étrangère de cette chambre.

— Réfléchis, c'est ce qu'il y a de mieux à faire... Tes sœurs ne sont plus très jeunes... Il est peut-être temps qu'elles cessent de travailler... Quant à toi...

Il eut un geste comme pour dire :

— Tu feras ce que tu voudras...

— A quelle heure avez-vous un train ?

— A huit heures...

— Dans ce cas, nous avons le temps de dîner...

Ils dînèrent au restaurant et Guérec en profita pour boire beaucoup de vin, si bien qu'il eut le sang à la tête. Gloaguen buvait aussi, son œil s'allumait.

— Dis donc ! plaisanta-t-il soudain. Tu t'es bien moqué de moi, hein, avec mon 8 ?... Et moi qui, pas un instant, n'ai pensé à ta voiture !

Guérec baissa la tête mais son malaise passa vite. L'autre continuait :

— Imagine ce qui se serait passé si j'avais découvert quelque chose, ce qui a bien failli arriver... Ma situation... Le devoir d'un côté et la famille de l'autre...

— Cela a dû te faire un effet terrible, fit Marthe à l'adresse de son frère.

Il dit oui. A vrai dire, il s'en souvenait à peine. Est-ce que cela avait été si terrible que ça ? Pendant quelques jours, sans doute. Mais, dès qu'il avait connu Marie Papin, il avait cessé d'y penser, contrairement à son attente.

— Encore une bouteille! commanda-t-il au garçon.

Il avait chaud. Ses paupières picotaient. Il oubliait l'heure et il fallut prendre un taxi pour arriver à temps à la gare.

— Réfléchis... Tes sœurs viendront sans doute elles-mêmes...

— Je ne veux pas voir Céline, dit-il par principe.

— Tais-toi, souffla Marthe. Pauvre Céline!...

Et tandis que le train s'éloignait il continua de penser :

— Pauvre Céline!...

Pourquoi? Tout n'était-il pas arrivé par sa faute? Est-ce qu'il lui avait demandé de s'occuper de ses affaires?

Au moment de rentrer à son hôtel, une chaleur lui passa dans la tête et il s'éloigna le long du trottoir.

Pourquoi n'en profiterait-il pas? Il était dans une grande ville, tout seul. Il avait de l'argent en poche et personne, cette fois, n'oserait lui réclamer des comptes.

Cela ne lui était plus arrivé depuis Quimper. Il avait remarqué, la veille, des femmes seules dans une brasserie, en face du théâtre. Il y avait de la musique. Il poussa la porte.

Quand il rentra enfin dans sa chambre, il était deux heures du matin et on l'avait fait boire. Il compta néanmoins son argent et se coucha, rassuré.

VIII

La première maison était trop humide. C'était à Plouay, à vingt kilomètres de Quimperlé, dans les terres. Il y avait un grand jardin et Céline avait dit :

— Tu pourras toujours passer ton temps à cultiver.

Ils y croyaient tous les trois. Ils étaient même assez fiévreux sauf pourtant Françoise qui, quand elle quitta Concarneau, vieillit tout à coup de dix ans.

Elle ne se plaignait pas, n'adressait aucun reproche. On peut même dire qu'elle faisait tout ce qu'elle pouvait pour se montrer gaie, mais le cœur n'y était pas.

Une belle maison, pourtant, sur la route nationale, avec un jardin devant, une grille, une belle entrée, huit chambres, un vestibule. On avait acheté les terres aussi et on les avait louées au fermier voisin.

Qu'aurait-on fait d'autre ? Il fallait bien habiter quelque part. On avait examiné la question tous ensemble, à Rennes, où avait eu lieu une explication générale.

Alors, on s'était aperçu que tout le monde avait envie d'un changement. Depuis le scandale, les deux sœurs ne voulaient plus se montrer dans le magasin.

Quant à Guérec, il ne savait pas de quoi il avait envie. En tout cas, cela lui pesait de rentrer à Concarneau, où il risquait de rencontrer Marie Papin et où il lui faudrait reprendre Philippe à bord.

— Puisque vous avez assez d'argent !... avait insinué Gloaguen.

Ils n'y avaient jamais pensé. Ils avaient vécu plus de la moitié de leur vie avec l'idée que le reste s'écoulerait de la même façon et voilà qu'en quelques jours, en moins d'une semaine, tout était balayé, transformé, au point qu'ils ne s'y reconnaissaient pas.

Les affiches rouges qui annonçaient la vente parurent sur les murs. Ce fut une frénésie. Autrefois, ils ne se seraient séparés de rien, ils auraient gardé religieusement les objets les plus ridicules, les effets les plus usés. Du coup, ils voulurent tout vendre ! Tout ! Ils ne gardaient rien ! Ils tenaient à recommencer une vie neuve et il n'y avait que Françoise à fureter dans les coins et à cacher quelques épaves.

— Tu m'en veux encore, Jules ? demandait Céline.

Est-ce qu'il savait ? Il se grisait comme les autres. Il s'en voulait d'avoir battu sa sœur, mais il ne pouvait s'empêcher de penser à Marie Papin.

Peut-être était-il content que cela fût fini ? Oui ! A vrai dire, cela valait mieux ainsi. Elle se serait peut-être humanisée. Vivant avec plus de confort, il est probable que la bonne humeur lui serait venue. Mais lui, était-il réellement fait pour se marier ? Aurait-il pu se passer de ses sœurs et de leurs petits soins ?

Qu'on en finisse au plus vite ! Voilà, au fond, quel était leur sentiment à tous et Émile s'occupait des formalités, ce qui constituait pour lui la plus grande des joies.

On pleura, le jour de la vente. C'est toujours triste. Pour se remettre, on commanda un bon dîner à l'Hôtel de l'Amiral...

Mais voilà : maintenant, la maison était trop humide. On n'avait pas pu s'en apercevoir avant de l'habiter. La façade était exposée à l'ouest et, quand il pleuvait, les chambres étaient lugubres ; les papiers de tenture étaient déjà abîmés après deux mois.

Guérec avait essayé de cultiver le jardin, mais cela ne l'amusait pas. Il y avait un petit bistrot au village et c'est là qu'il allait, faute d'autre distraction. Il avait appris à jouer au billard russe et il en faisait jusqu'à vingt parties une après l'autre.

Il devinait que Françoise n'était pas heureuse. Quant à Céline, on ne pouvait pas savoir, car elle s'occupait du matin au soir. C'était même elle qui avait repeint les murs du vestibule !

Émile avait racheté la voiture et il venait de temps en temps les voir. Comme il avait touché la part de sa femme, il avait donné sa démission au commissariat et il avait repris un fonds, sur le quai : vente, achat et location de terrains, d'immeubles et villas.

C'était son rêve depuis toujours ! Marthe avait un enfant, une fille qu'on avait appelée Françoise. Si elle en avait une seconde, ce serait comme pour les bateaux : on lui donnerait le prénom de Marthe... Puis Julie ou Juliette...

Décidément, la maison était trop humide. C'est l'excuse qu'ils se donnèrent. Ils ne pouvaient pas y passer l'hiver. Ils l'avaient achetée mais, comme ils n'avaient pas besoin de cet argent, il n'était pas nécessaire de la revendre. Émile la louerait un bon prix. C'était un placement.

Mais où iraient-ils ? Ils pouvaient, ou se rapprocher de Concarneau, ou s'en éloigner. Peut-être qu'au fond ils avaient tous les trois envie de se rapprocher, mais quand ils en parlaient ils disaient le contraire.

D'ailleurs, Concarneau sans leur maison, sans leurs bateaux, ce n'était plus Concarneau. De quoi auraient-ils l'air ?

Ils lisaient les annonces dans les journaux.

« *Excellente affaire de remorquage, à Rouen, à reprendre avec cent mille francs.* »

C'est Tête de Rat qui se démena le plus et qui alla dix fois à Rouen. On prit l'affaire. Ce n'était qu'une petite boutique, près du pont, avec, derrière des vitres verdâtres, un bureau et une machine à écrire. Mais il y avait trois remorqueurs sur l'eau. On voyait de grands bateaux à quai. C'était vraiment la vie d'un grand port !

Guérec put remettre sa casquette à visière brodée, mais pas ses sabots. On loua un appartement de cinq pièces, tout près du bureau, dans une vieille maison.

— Sur nos vieux jours, du moins, nous pourrons aller au théâtre et au cinéma ! dit gaiement Céline.

On y alla vraiment, jusqu'à trois fois par semaine. Marthe écrivait tous les deux jours. On ne parlait jamais de Marie Papin, et Guérec aurait bien voulu savoir ce qu'elle devenait.

Pas par amour ; seulement pour savoir ! Céline avait eu raison. Il ne l'avait pas aimée. Il avait eu pitié d'elle, il avait été attendri comme il l'était chaque fois qu'il rencontrait une pauvre fille. Est-ce que toutes les femmes ne devraient pas être heureuses ?

Il y avait de plus en plus de cheveux blancs dans les cheveux bruns de Françoise. Ce qui changeait surtout les deux sœurs, c'est qu'elles avaient dû abandonner le costume breton. Elles portaient des robes comme tout le monde, des chapeaux, des manteaux gris ou bruns...

— Tu ne crois pas, Jules, qu'on a exagéré les bénéfices de l'affaire ?

Il se tut pendant un an, eut l'air de croire que les choses s'arrangeaient. Un premier remorqueur était si malade qu'il valait mieux ne pas faire les frais de le réparer. On l'avait laissé où il s'était échoué, dans l'île, en aval.

Une grève éclata au port. Guérec s'ennuyait dans son bureau dont les vitres ne laissaient passer qu'un jour faux.

Que pouvait-on faire ? Autant être à Rouen qu'ailleurs ? On alla deux fois à Concarneau, mais personne n'eut le courage d'aller voir la maison qui était habitée par des restaurateurs parisiens, des gens qui avaient une fille mal portante à qui on avait recommandé l'air de la mer.

— Je ne crois pas que leurs affaires marchent fort ! dit Émile. Ils n'ont pas le genre du pays...

Est-ce que seulement quelqu'un aurait encore pu dire comment c'était arrivé ? A cause de Marie Papin ? A cause de l'accident ? A cause des coups donnés par Guérec à sa sœur ?...

A cause de tout cela, oui... Mais sans doute y avait-il d'autres causes qui remontaient plus loin. Ils en étaient arrivés sans le savoir à un point où un rien avait suffi à détruire une harmonie en apparence éternelle...

Céline, par exemple, était contente de s'habiller, de courir les magasins de Rouen, d'aller le soir au théâtre. Elle avait acheté une bonbonnière en argent, des jumelles et, toute la soirée, en suivant le spectacle, elle suçait des bonbons.

Il valait quand même mieux vendre pendant qu'il en était temps encore, sinon on finirait par faire faillite. On mit des annonces dans les journaux. Des gens vinrent d'un peu partout, mais c'est en fin de compte un Parisien encore qui acheta l'affaire de remorquage.

On ne partit pas tout de suite. Ils avaient peur, tous les trois, d'une nouvelle bêtise et ils n'osaient pas faire de comptes, car ils savaient que le patrimoine avait sérieusement fondu, d'autant que le fermier de Plouay était malhonnête.

Ils évitaient d'en parler. Est-ce qu'ils n'avaient pas envie de retourner au bord de la mer, et surtout en Bretagne ?

Ils ne le dirent pas, en tout cas. Il y eut même un moment où il fut question d'aller dans le Midi. Françoise avait eu une mauvaise bronchite, dont elle avait peine à se remettre.

Pourquoi ne pas acheter ou louer une petite maison en Provence ? Les sœurs n'avaient jamais vu le Midi. Jules leur en avait parlé comme d'une région ensoleillée et tiède...

Le plus curieux, c'était le rythme de leurs relations. Pendant plusieurs jours, par exemple, Guérec en voulait à ses sœurs, les rendait responsables de ce qui était arrivé et pensait avec nostalgie à la cuisine de Marie Papin.

C'étaient des égoïstes ! pensait-il. Elles n'avaient agi ainsi que pour ne pas le perdre et s'il avait choisi n'importe quelle femme, elles eussent mis pareillement des bâtons dans les roues.

Ses sœurs le sentaient-elles ? Pendant ces jours-là, elles lui en voulaient aussi et on mangeait sans parler, ou en échangeant des phrases banales.

Puis soudain, sans raison, Guérec regardait l'une d'elles, Céline surtout, et il la trouvait pâle, il s'avisait qu'elle avait les yeux cernés et il avait envie de lui demander pardon. Il revenait le soir avec un cadeau, ou avec des gâteaux. Il ne savait comment se montrer tendre et affectueux.

A quoi bon s'en vouloir, puisqu'ils étaient condamnés désormais à vivre tous les trois ensemble ?

C'est lors d'un de ces revirements qu'il leur offrit, pour se faire pardonner, un voyage à Paris. Ils descendirent, comme tous les Bretons, dans un petit hôtel de Montparnasse et ils firent la connaissance d'un vieux monsieur de Paimpol, un vieux monsieur très distingué qui vivait à l'hôtel depuis trente ans.

— Pourquoi, si vous n'avez rien à faire, ne rachèteriez-vous pas un portefeuille ? dit-il à Guérec.

— Un portefeuille de quoi ?

— D'assurances… Vous choisissez une bonne région… A l'heure qu'il est, c'est la banlieue qui fait prime, car on ne cesse de bâtir… Tenez ! Les environs de Versailles… Je pourrais en parler à ma Compagnie qui est une des plus sérieuses de France…

Un hasard ! Ils étaient à manger à la même table. Le lendemain, le vieux monsieur revenait à la charge et avait déjà pris ses renseignements.

— Le portefeuille incendie et accidents est disponible pour Versailles et environs... C'est à peine si vous aurez à vous déranger, car il y a déjà un grand fonds de clientèle... Vous connaissez Versailles ?

— Non...

— Mesdemoiselles, permettez-moi, cet après-midi, de vous faire visiter la ville des rois...

On y alla en auto, une auto que le vieux monsieur avait louée. On traversa des villages charmants où les maisons neuves ressemblaient à des villas.

— Qu'est-ce que vous en dites ?

Ils ne disaient rien, parce qu'ils ne savaient plus. Ou plus exactement ils ne savaient qu'une chose : c'est que cela leur pesait de retourner à Rouen. Ils ne se souvenaient que de la pluie, de la boue des quais, des ennuis avec leurs remorqueurs et du triste escalier qui conduisait à leur appartement.

— Il faudrait demander conseil à Émile, dit Françoise.

— Je ne vois pas la nécessité de faire venir Émile pour ça. Qu'est-ce qu'il y connaît de plus que nous ?

Ce qui les décida, ce fut de trouver une petite maison neuve, en briques rouges, aux portes de la ville. C'était propre et clair comme un jouet. Il y avait déjà un fourneau électrique et des tas de commodités que les deux sœurs n'avaient jamais vues que sur les catalogues.

Un mois plus tard, ils étaient installés et Guérec avait un bureau recouvert d'un tapis vert où il travaillait des heures durant, aidé par Céline qui tenait à se mettre au courant.

Il ne pouvait plus porter ses vareuses bleues, ni sa casquette. Il avait acheté un chapeau melon. Il disait le plus naturellement du monde :

— Je vais faire mes encaissements...

Puis, il racheta une voiture d'occasion, tant il avait déjà oublié l'accident. Ce fut surtout Céline qui dut conduire. Elle l'accompagnait dans ses tournées. Françoise se remettait mal de sa bronchite et vieillissait de plus en plus.

« Émile me dit que je peux vous l'écrire... disait Marthe dans sa dernière lettre. Marie Papin est mariée. Elle a même fait un beau mariage, car c'est un jeune homme qui est venu passer ses vacances aux Sables-Blancs, l'an dernier, et qui est revenu pour l'épouser. Il habite aux environs de Paris, du côté de Corbeil, et son père a une entreprise de maçonnerie... »

Elle aussi ! Cela faisait un drôle d'effet à Guérec, mais il rassura ses sœurs qui s'inquiétaient.

— Je suis bien content pour elle, affirma-t-il. Elle méritait ça...

Quoi, ça ? D'être la femme d'un entrepreneur de maçonnerie ?

Ils allaient toujours au cinéma, le soir, mais Françoise prit l'habitude de rester à la maison, comme une mère dont elle avait maintenant les manières.

Le deuxième hiver, elle recommença sa bronchite qui se transforma en pneumonie et elle mourut le dix-septième jour, en pleine fièvre, sans même les reconnaître.

Émile et Marthe vinrent à Versailles. Tout le monde était en deuil. Il n'y avait pas d'amis, pas de connaissances. La fille de Marthe commençait à marcher.

Quand ils repartirent, Guérec et Céline restèrent seuls, gênés eux-mêmes de ce vide anormal.

Et leur vie à eux commença, celle d'un étrange

couple, jaloux et tendre, une vie de petites attentions et de disputes, de reproches et d'effusions.

Céline tenait à nouveau les comptes. Guérec devait ruser pour disposer de quelques francs. Comme quand il était petit, il trichait, mais il se troublait dans ses explications dès qu'elle le regardait d'une certaine façon.

Ils avaient déjà perdu beaucoup d'argent. Ils en perdirent encore, tandis que la Tête de Rat, à Concarneau, reprenait le lotissement du Gabélou et se faisai nommer conseiller municipal.

A Versailles, on comptait sou par sou. La voiture était nécessaire pour les tournées et il fallait garder de l'argent pour l'essence.

Marie Papin...

Il y pensait souvent, mais quand il était seul, car sa sœur aurait deviné ses pensées. Il l'avait battue, une fois, et rien que de regarder sa joue il avait honte et pitié.

Est-ce qu'elle n'avait pas eu raison ? Est-ce qu'elle n'avait pas agi pour son bien ?

Il avait commencé, le dimanche, à construire un petit trois-mâts pour mettre sur la cheminée, sous un globe, mais il ne le termina jamais, tant cela les rendait tristes tous les deux.

Ils sursautaient chaque fois qu'on sonnait à la porte, car ce n'était pas la sonnette de Concarneau, qu'ils avaient entendue toute leur vie.

Ils allaient à la messe le dimanche, et ce n'étaient plus pour eux les vraies messes basses de là-bas.

Pourquoi avaient-ils fait ça ?

Ils n'en savaient rien, ni l'un ni l'autre ! Sans doute parce qu'il devait en être ainsi, parce qu'ils étaient destinés à finir leurs jours tous les deux...

147

Quand Céline épluchait les pommes de terre, Guérec détournait la tête en pensant aux pommes de terre que les pêcheurs emportaient à bord et qu'ils marquaient chacun d'un signe avant de les donner au mousse pour les cuire. Car chacun tenait à ses pommes de terre ! Et le mousse, si quelqu'un l'avait battu, s'arrangeait pour les lui faire trop cuire et les lui servir en bouillie...

Et le bac, avec le vieux Louis...

— Tiens ! Il faudra que je demande à Marthe ce que Louis est devenu...

— Il doit avoir soixante-dix ans...

Ils ne demandaient jamais rien à Marthe. Ils disaient cela en l'air. Cela leur aurait fait trop de peine de recevoir la réponse...

Alors, pourquoi, oui, pourquoi ?

Rien ne serait arrivé si, un soir, Guérec n'avait suivi une fille dans les rues de Quimper, après la réunion du syndicat, et si, revenant en retard, il n'avait renversé...

Même s'il avait tout dit à ses sœurs !

Même s'il n'avait pas parlé à Philippe qu'il avait rencontré pêchant au bout de la jetée.

Même si, certain matin, alors que Céline revenait avec son filet à provisions, il était resté dehors un instant, le temps de se calmer, au lieu de rentrer et de discuter avec le vieux Cauchois...

Encore un qui était mort, bêtement ! Il s'était noyé, un soir qu'il était ivre, en descendant de son bateau... Il avait glissé... Il avait coulé à pic et on avait même fait venir un scaphandrier pour retrouver le corps.

Et sa chambre d'hôtel, à Rennes !... Et le soir où...

Céline s'était fait couper les cheveux, parce que

c'était plus pratique avec les vêtements modernes. Il s'y mêlait maintenant des fils blancs, comme naguère à ceux de Françoise, et cela faisait peur à Guérec.

Il avait peur que, comme Françoise...

Elles étaient bien bâties, mais toutes, dans la famille, avaient les poumons assez sensibles.

Alors, si elle aussi...

Il ne pourrait pas rester tout seul à Versailles... Il ne faisait pas de projets... Il refusait d'y penser...

Mais il sentait bien ce qui arriverait... Il retournerait là-bas, chez sa dernière sœur... Il n'aurait rien à dire... il baisserait pavillon devant Émile...

Il serait le vieil oncle... On l'appellerait Tonton...

Et il irait pêcher, lui aussi, au bout de la jetée...

Mais tout cela n'était pas pour demain. Céline était là. Il se raccrochait à elle.

— Tiens ! ce soir, nous irons quand même au cinéma...

Et il lui achèterait des bonbons pour son drageoir !

ŒUVRES DE
GEORGES SIMENON

Édition reliée

Série pourpre

Aux Presses de la Cité — Collection Maigret

Romans

Aux Éditions Fayard

*Cet ouvrage
a été achevé d'imprimer
sur les presses de l'Imprimerie Bussière
à Saint-Amand (Cher), le 24 juillet 1981.
Dépôt légal : 3ᵉ trimestre 1981.
Nᵒ d'édition : 29085.
Imprimé en France.
(1570)*